光文社文庫

文庫書下ろし

いつかの花
日本橋牡丹堂　菓子ばなし

中島久枝

光　文　社

この作品は光文社文庫のために書下ろされました。

目次

春　桜餅は芝居小屋で　5
夏　江戸の花火と水羊羹　81
秋　おはぎ、甘いか、しょっぱいか　147
冬　京と江戸　菓子対決　221

春

桜餅は芝居小屋で

一

「あっ」

小萩《こはぎ》の手から丸いあん玉がこぼれ落ちて、床に転がった。

「すみません」

あわててあん玉を追いかける。おかみのお福《ふく》、娘婿の徹次《てつじ》、一人息子の幹太《かんた》、職人の留《とめ》助《すけ》と伊佐《いさ》の五人の目が自分の背中に集まっているような気がする。背中に汗をかきながら、あん玉を拾って捨てた。

「ちゃんと手を洗ってね。あんこを持っている時間が長いと、手の熱で砂糖が溶けてべたつくのよ」

おかみのお福に言われ、手を洗ってからもう一度、あん玉にとりかかる。

「これ、大きい。なんで計りを使っているのに、こうなるかなぁ」

十四歳の幹太が見つけたぞといわんばかりにさっき丸めたあん玉を指差した。木の葉だろうが、糸くずだろうが動く物にはなんでもとびつくいたずら好きの若い猫みたいな子で、今のところ小萩は幹太の格好の標的である。

小萩は頬を染め、皿にのせたあん玉をひっこめ、目の前の天秤《てんびん》で計り直した。

「練習のときは、うまいのになぁ」

留助が慰めるように言い、

「焦らなくていいんだよ。ゆっくりでいいから、間違えないようにね」

お福がやさしい声で続けた。

嘉永《かえい》二年（1849）の江戸日本橋。紺地に二十一《にじゅういち》屋と白く染め抜いたのれんを春の日差しが明るく照らしている。くゎしや（かしや）だから九、四、八。足して二十一という洒落《しゃれ》で、浮世小路《うきよこうじ》の二十一屋といえば、日本橋でもちょっとは知られた見世《みせ》である。のれんにはもうひとつ、牡丹《ぼたん》の花が描かれていて、牡丹堂と呼ぶ人も多い。季節の生菓子、羊羹《ようかん》、最中《もなか》もあるが、一番の人気は豆大福でいつも昼過ぎには売り切れてしまう。

十六歳の小萩がこの店で働き始めて三月《みつき》。つきたてのお餅みたいにやわらかそうな頬に、黒い瞳と小さな丸い鼻。海辺の村でのんびり育った娘らしい、おおらかな顔立ちをしている。

最初の日の朝、小萩はみんなの手の動きに驚いた。あんに触れたと思うと、次の瞬間には丸い玉になっている。手の平の上で白い餅がくるりと回ったと思うと、もう大福の形になっている。徹次の筋張った指も、伊佐の骨ばって長い指も、お福の丸くて短い指、幹太のやわらかそうな細い指も休まず動き続け、そうして一時もしないうちに一日分の豆大福を仕上げてしまう。

「大丈夫。すぐ、慣れる」とお福にいわれた。

だが、小萩は二月《ふたつき》めに入ってももたもたしている。

あんを丸めるのは、菓子屋の仕事の基本中の基本である。指先で重さを計り、手の平と指で形をつくる。その先に大福や饅頭《まんじゅう》などの包む作業があり、さらに上生菓子の高度な技へと続く。

朝ご飯の後、井戸端で洗い物をしていると職人の伊佐がやって来た。

「お前、目が悪いんじゃねぇのか。近目《ちかめ》か？」

伊佐は浅黒い肌と強い目をした十八歳の職人だ。やせて背が高く、いつもまっすぐに立っている。小萩は伊佐を見ると、なんとなく端午《たんご》の節句に飾る菖蒲《しょうぶ》の花を思い出してしまう。緑の葉は剣《つるぎ》のように先がとがって細く、つぼみは空に向かってこぶしを振り上げたように伸びている。ぶっきらぼうな言い方をするので、最初は怒られているのかと思ったが、それが普通の言い方だった。

「そんなこと、ありません。目はいいです」

「じゃあ、あん玉落とすんじゃねぇよ」

「はい」

伊佐にじっと見られ、小萩は耳まで赤くなった。

仕事場から留助が丸い、人懐っこそうな顔を見せて言った。

「伊佐だってさ、おやじさんに『馬鹿野郎。あんは和菓子の魂だ』って怒鳴られたもんだ」

おやじさんとは主人の弥兵衛《やへえ》のことだ。仕事に厳しい菓子職人だったそうだが、八年前、娘婿の徹次に見世を譲ってからは、のんびりと魚釣りと将棋を楽しんでいる。

「だいたいがぶきっちょ（不器用）だよなぁ」

伊佐が言った。

手先は器用な方ではない。お針は苦手だった。姉のお鶴《つる》の運針は針目がそろってきれいだったが、小萩のものはよろよろとよろけていた。

「だいたい、なんでこの見世に来たの？　親元にいた方が楽だろう」

意地悪で聞いているのではない。心から不思議がっている顔だ。

「あの、それは……甘いものが好きだし」

「それだけ？　それでわざわざ鎌倉から来たの？」

小萩が口ごもると、「お江戸見物したかったんだよねぇ。若い娘はみんなそう思うよ。憧れだよ。華やかで、きれいで、面白いことがたくさんある」と留助が助け船を出した。三十に手が届こうという留助は訳知り顔である。

「そんなもんかなぁ。俺は一度も、そんな風に思ったことねぇな」

伊佐がいつものそっけない言い方をした。

小萩のふるさとは鎌倉のはずれの海辺の村で、家は街道を行く旅人を泊める旅籠《はたご》をしている。両親と祖父母、二歳上の姉のお鶴と四歳下の弟の時太郎《ときたろう》がいる。

小萩の姉のお鶴は近所でも評判の器量よしで、何でもよく出来るしっかりものだ。そして弟の時太郎は、おじいちゃんとおばあちゃんの宝物。だから間にはさまれた小萩は、いつも少し影が薄い。お針も算盤《そろばん》も姉にはかなわないし、弟のようにわがままが通るわけでもない。だから頑張る、意地を張る、その割には自分に自信がない。

その小萩が、夢中になったのがお菓子だった。いつだったか、知り合いが菊の姿の菓子を持って来てくれたことがある。きれいで、やわらかくて、甘かった。江戸にはこんな風な上等の菓子がいっぱいあると教えてくれた。

いつか江戸に行って、たくさんのお菓子を見たい。

ずっと言い続けていたら、母親の遠い親戚が、江戸で菓子屋をしていることが分かった。その見世で働かせてもらえないか。母親に言うと、「お前みたいなおっちょこちょいが江戸の見世で務まるものか」と叱る。祖父も父も大反対だった。

反対されることは予想していた。ここでひるんでいては、江戸など一生行かれない。小萩も、「お菓子を二つでも三つでも覚えてきて、うちの旅籠でも出したい。きっと飛ぶように売れる」と頑張った。

そのうちに母親の風向きが変わった。

「飽きっぽいあんたが、こんなに言うんだから、よっぽどのことなんだねぇ」

祖父母や父と相談し、一年だけ、この二十一屋で働くことが許された。

江戸の菓子屋で働ける、しかも天下の日本橋だ。

小萩は有頂天になった。

日本橋は小萩が想像していたよりも何倍も賑やかで、面白い場所だった。毎日がお祭りのように人がいっぱいで、騒々《そうぞう》しい。おかしな格好をした飴売りが笛を吹けば、天秤棒をかついだ物売りが呼び声をかける。越後屋三井の前には流行《はや》りの髪型で美しい着物を着た女の人がいる。

小萩は時間があると大通りに立って、通り過ぎる人々を眺めた。そうすると、胸の奥を風がすうすう吹き抜けているような少し淋しく、頼りなく、それでいてすがすがしい不思議な気持ちになる。

「一年だぞ。一年過ぎたら戻るんだぞ」と念を押した父親や、「浮ついた気持ちでいたらいかん」と言った祖父の顔が頭をかすめる。

大丈夫、小萩は毎日、一生懸命やっています、そう心に刻んだ。

「お菓子が好きだからこの店に来ました。お菓子のことならなんでも覚えて、身に着けたいんです」

「そうか。じゃあ、頑張りな」

伊佐は片頰をあげて笑った。

牡丹堂には毎朝、見世を開けるのを待ちかねたようにお客がやってくる。名物の豆大福に、おとついから桜餅が加わった。

おかみのお福といっしょに小萩は見世に立つ。五個、十個、二十個とお客の注文を受けてお勘定をするのはお福で、小萩は言われた通り、折に入れたり、ひもをかけたりする。

お客が切れてわずかに手が空いた時、隣の仕事場を見ると徹次と留助と伊佐が桜餅をつくっていた。

牡丹堂の桜餅は、薄紅色に染めたやわらかな生地であん玉を巻き、塩漬けの桜の葉二枚ではさんだものだ。生地に餅粉を加えて、ふんわりとやわらかく仕上げているところが、人気のひみつである。

炭火に置いた鉄の板に伊佐が薄紅色の生地を細長く流す。火が入って白っぽくふくらむと徹次が竹串でひょいひょいとひっくり返し、ざるにとる。留助があん玉を芯にくるりと巻いて、桜の葉ではさんで出来上がり。

徹次が太い腕と大きな手を素早く、なめらかに動かす脇で、伊佐は真一文字に口をひき結び、真剣な様子で取り組んでいる。その後ろで留助が「まぁ、二人ともそう気張らねぇで、お平らかに」とでもいうように気楽な調子で働いている。桜餅ひとつつくるのにも、それぞれの性格が垣間見えて楽しい。思わず小萩の口元がゆるんだ。

「おはぎ、伊佐兄《にい》のこと見てたんだろう」

いつの間に来たのか、幹太が横に立っていた。幹太は小萩のことを、おはぎと呼ぶ。

「女の子はみんな、伊佐兄のことを見ると、ぽおっとなるんだ。お絹《きぬ》ちゃんなんか、伊佐兄の顔が見たくて毎日用もないのにやって来る」

幹太は小萩の仲良しのお絹の名前をあげた。お絹は隣の味噌問屋で働いている十七になる娘で、目が少し離れていて唇がぽってりとして厚いところが、なんとなく金魚を思い起こさせる。留助に言わせると、美人じゃないが、男がちょっとからかいたくなる顔なのだそうだ。

「だけど、伊佐兄はだめだぜ。あいつは女嫌いだから」

幹太が分かったような口を利いた。

「別に、伊佐さんを見ていたわけじゃないです」

小萩はあわてて言った。伊佐は姿のいい男で、きれいな菓子をつくる。だが、他人を寄せ付けない頑《かたく》なさがある。小萩は伊佐に憧れつつ、同時に少し怖いようにも感じていた。

「嘘つけぇ。ほら、赤くなってらぁ」と憎まれ口を利いて幹太はまたどこかに逃げていってしまった。

大福を売り切って少し見世が落ち着いた頃、呉服屋のおかみ冨江《とみえ》がやってきた。

「こんにちは。お福さん、いらっしゃる？」

冨江は四十を少し過ぎていて、黒々として豊かな髪と品のいい顔立ちをしている。遠目には無地に見える麻の葉模様の海老茶《えびちゃ》の着物に黄色の糸を散らした灰色の帯をしめていた。

冨江が見世にやってくるのは、お福に話を聞いてもらいたいときだ。お福も心得ていて、

「おや、冨江さん、ちょうどいいところに来たよ。あたしも一休みしようと思っていたんだ」と奥の座敷に誘う。

そこは、牡丹堂の男たちが「お福さんの大奥」と呼んでいる三畳ほどの小部屋である。南向きで、障子越しに庭というには少々狭いが季節の花が見える。

小萩がお菓子とお茶を持っていくと、冨江は「ねぇ、聞いてくださる？　お景《けい》のことなんだけどね」と話し始めた。

川上屋《かわかみや》は日本橋本町通りに見世を構える大きな呉服、太物屋《ふとものや》である。二年前、息子の清太郎《せいたろう》が老舗《しにせ》の海苔問屋《のりどんや》の娘、お景を嫁に迎え、翌年には初孫の藤太郎《ふじたろう》ができた。

お景は目鼻立ちがはっきりとした美人で、すらりとして姿もよい。着飾ることが大好きだ。お景は自分好みの着物を見世で売りたいと言い出した。呉服、つまり絹織物は昔からいる番頭や手代が仕切っているが、太物と呼ばれる木綿の見世ならいいだろうということになった。木綿は茶や紺と色数が限られているし、糸が太いから柄も縞や格子が中心だ。だいたいが地味なのである。どうせ、若おかみの気まぐれで、すぐ飽きるだろうと周りはたかをくくっていた。

だが、お景は本気だった。

毎日見世に通い、棚の奥にある反物を引っ張り出し、次々と着物に仕立てた。それを自分で着て、町を歩き始めたのだ。

ある時は太い縞柄の着物に黒い帯を男のように結び、また別の日は白地に大きな梅の花を散らした着物に赤い半襟、鶯《うぐいす》色の帯を合わせた。

大人たちに妙な格好と眉をひそめさせる一方、若い娘たちの心をつかんだ。

とびっきりお洒落な人がいると噂が広がった。

小萩もお絹に誘われてお景を見に行った。

行き交う人でいっぱいの日本橋の通りを、お景は背筋をしゃんと伸ばし、まっすぐ前を見て歩いていた。人々はお景のために道を開け、振り返ってじろじろと眺める人もいた。

その日のお景は黒っぽい木綿の着物で襟元と袖口に真っ白な舶来のレエスをあしらい、深紅の帯をしめていた。歩くたびに見える着物の裏地は夏の海のような明るい青だった。

まだ肌寒い冬の日だったが、そこだけ暖かな陽《ひ》が射しているように見えた。お絹はため息をついてながめている。小萩は声も出なかった。お洒落をするとは、こういうことかと思った。

翌日、お絹は見世のお客からもらったと言ってレエスを髪飾りにしてきた。親指と人差し指を広げたぐらいの長さしかないので、髪に結ぶぐらいしか使えなかったのだ。

小萩はそのレエスに触らせてもらった。初めて触れるレエスはひらひらとした真っ白い細長い布で、向こうが透けて見えるほど薄く、波型の縁に沿って丸い小さな穴がいくつも連なっていた。髪につけると、薄い布はわずかな風に揺れて、お絹がとてもかわいらしく見えた。

小萩やお絹はそんな風に遠くから眺めているだけだが、もっと裕福な娘たちはお景と同じように装いたいと川上屋に押し寄せた。お景が新しい帯結びを考えるたび、お客が増えた。別珍《べっちん》やレエスといった舶来のめずらしい生地を端切《はぎ》れにして売り出すと、あっという間に売り切れた。

お景の薦める品物を太物の見世だけでなく、呉服の方でも扱うことになると、売り上げはさらに上がった。そうなると、息子の清太郎はもちろん、お景のすることを快く思っていなかった見世の者たちも、みんながお景さん、お景さんと頼りにするようになる。

それが、大おかみの冨江には面白くない。

小萩がお茶のお代わりを持っていくと、話は佳境に入ったところだった。

「だってね、あんな太い縞。上背があって柳腰だから似合うのよ。背が低い子なら余計に太って見えるでしょう。でも、平気なの。お客さんが欲しがっているからって薦めるの。『それは少し違うんじゃない?』って言葉が、もう、喉まで言葉が出かかったの。でもね、今、それを言っても、あの人には分からない。私が意地悪をしているようにとられちゃう」

「その通りだよ、冨江さん。よく、我慢した。あたしだったら、我慢できなかった。そこがあんたの偉いところだ」

お福が感心したように言った。

冨江は胸の内にためていたものを吐き出して、ほっとした様子になった。

「お福さんに聞いてもらって、よかった。こんなこと、見世の中では言えないじゃない」

「そうだねぇ。おかみさんがああ言ってた、こう言ってたって、すぐ広まるからねぇ。それをやったら、見世の中がばらばらになっちまう。人をまとめるっていうのは、つらいねぇ。もう一つ、お菓子、どうだい？　今日から桜餅を始めたんだよ」

「だめよ。この頃、私、お水飲んでも太っちゃうんだから」

「大丈夫、大丈夫。小さいのなら、どうってことないよ。小萩、じゃあ、いくつか、見繕って持ってきておくれ」

お福がにこにこと笑顔で言う。目じりが下がったお福の目は笑うとさらに細くなり、口元にえくぼができて、かわいいお多福顔になる。だが、やさしげな表情とは裏腹に、筋を通す厳しさや商売人らしい負けん気の強さもある。生き馬の目を抜くといわれる江戸で長年おかみを張ってきた人だ。見かけは出来立ての大福餅のようにやわらかいが、その中心には揺るぎない芯がある。小萩はお福のそんなところも好きだった。

仕事場に行くと、徹次が出来たばかりの桜餅を菓子盆にのせながら、たずねた。

「二人で何の話をしている？　今年の歌舞伎の話は出ているのか？」

徹次が気にしているのは、毎年、川上屋が上得意を歌舞伎に招待する時の菓子のことだ。贔屓《ひいき》の役者を見るためにお洒落して出かけ、豪華な弁当に甘いもの、仲良しとのおしゃべりと、女の楽しみはこれに尽きるというような日である。

招待客は五十人で、仕出し弁当は三松屋《みまつや》製。そこに桜餅が二個入って、それとは別にお土産《みやげ》用に折がつく。

菓子は毎年、二十一屋の桜餅と決まっていたのだが、その注文がまだない。五日後に迫っているから、もうとっくに話があってもいいはずだ。

徹次が川上屋の番頭にそれとなく尋ねたところ、お景が京菓子司の東野若紫《ひがしのわかむらさき》に頼んだのではと答えた。

それはまずい。徹次は焦った。

ほかはともかく、東野若紫だけは困る。徹次が、いやこの二十一屋が絶対に負けたくない、仇敵《きゅうてき》なのである。

東野若紫は日本橋南通りにある大店《おおだな》で、室町時代、京で創業し、宮中へのお出入りを許されている名店だ。十五代目当主である長男は京都の本店を仕切り、弟の近衛門《ちかえもん》が江戸にやって来た。

歴史だの、見世の格だのを言ったら、二十一屋はおろか、江戸中の菓子屋が束になってかかってもかなわない。それは仕方がないが、嫌なのは近衛門がそれを鼻にかけることだ。近衛門は馬面《うまづら》の大男だ。顔の真ん中に大きい鼻があり、薄い眉と意地の悪そうな三白眼をしている。近衛門は江戸の物はなんでも馬鹿にする。京都が一番、二番も三番もなくて、ずずっと下がって江戸がある。江戸の菓子、江戸の街並み、江戸の人、江戸そのものを下に見ているらしい。それが気に入らないのが、この二十一屋の徹次である。

ことあるごとにぶつかり、顔を合わせれば言い合いになる。

江戸っ子同士の口喧嘩なら、丁々発止とやりあって威勢がいいが、近衛門は都人《みやこ》である。ぬらり、くらりとなまずのようにつかみどころがなく、褒めているようでけなし、へりくだっているようで自慢をする。そもそも頭の構造が違うらしい。竹を割ったような江戸っ子で、よく言えば表裏のない、悪く言えば単純な方の徹次は分が悪い。

「いいか。今年の桜餅は餅粉を多くしたから、いつもよりふんわりと口どけがいいですよ。お芝居見物にお薦めですと言うんだぞ」

徹次は念を押した。

結局、冨江は桜餅については何も言わずに帰って行った。

徹次は気を取り直したように、かまどに火を入れ、銅鍋をかけた。

「幹太、小萩、あんこを炊くぞぉ」

小萩は洗い物を大急ぎで終わらせ、かまどの傍《そば》に立った。遅れて幹太がふてくされたようにやって来た。

あんは見世の顔。和菓子屋の魂。おいしいあんが炊けなければ、職人とはいえない。

徹次は朝つくっておいた「呉《ご》」を取り出した。呉というのは、煮あげた豆をこして皮を取り除いたものだ。二十一屋の呉は目の粗いこしきから始めて、順に細かいものを通し、小さな皮のかけらも取り除いている。

鍋に呉、水、砂糖を加え、木べらでかき混ぜる。

鍋から湯気が立ち上り、やがてふつふつと煮立ち始めた。徹次が大きな木べらを使い、底の方からかき混ぜる。

「やってみるか?」

徹次に言われて、小萩は木べらを持った。鍋は大きく、あんは重い。

「腕で回すんじゃない。体を使え」

徹次が言う。

「だめだよ、そんなんじゃ。焦げちまう」

幹太が小萩の手からへらを取り上げた。細いようでも男の子だ。へらはすべるように動きだした。

女は仕事場に入れないという見世が多い中、徹次は小萩にもちゃんと仕事を教えてくれる。それは亡くなった徹次の妻、幹太の母親であったお葉《よう》という人が、仕事場に立っていたかららしい。

「せっかく、ここに一年いるんだ。いろんなことを覚えて帰れ」

最初の日、徹次は小萩にそう言った。

「小萩は不器用なところがいい。不器用な人間はちゃんと稽古をする。すぐに何でも出来て、分かったような顔をする奴の方が危ない」

しばらくすると、そうも言われた。

すぐに何でも出来るというのは、どうやら幹太のことを言っているらしい。幹太は何事によらず飲み込みが早く、要領がいい。十四歳というのに、上生菓子も一通りこなす。だから、菓子屋の仕事を少し甘く見ている。それを徹次は心配しているのだ。

「いいか。二十一屋のあんの呉と砂糖の割は決まっている。だけど、煮え方はその日、その日で違ってくるから、結局は自分の体で覚えるしかないんだ。へらにかかる重さ、ぐつぐついう音、浮かんでくる泡の具合、そういうものを目で見て、耳で聞いて、腕で感じる。それは言葉じゃ教えられねぇ。自分で分かるしかない」

徹次は幹太と小萩に嚙んで含めるように言う。

「いずれは幹太がこの見世を仕切るようになるだろう。その時、幹太、お前の頭の中には、目指す味ってものがなくちゃならない。それがないと、舵のない舟みたいにあっち行ったり、こっち行ったりする。どういうあんこをつくりたいのか、それを知るのも大事なことだ」

「子供の頃から食べてるんだから、うちの見世の味は目をつぶっていても分からぃ」

幹太が頰をふくらませた。

「そうだな。でも、もっと鍛えた方がいい」

「この人は？」

幹太は小萩を肘《ひじ》でつつく。

「小萩は舌がいい。きっとおっかさんが料理上手なんだな」

褒められて小萩はどぎまぎした。

小萩は通いの女中のお貞《さだ》といっしょにお勝手仕事もしているが、小萩がつくった方がおいしいと味付けをするようになった。

「いいか。菓子の仕事は繰り返し、繰り返し、嫌ってほど繰り返して体にたたき込むんだ。二人とも分かったか？」

徹次に言われて、小萩は「はい」と大きな声で返事をした。隣の幹太が小さな声で続いた。

二

夕方、川上屋の冨江がやって来た。

「お福さん、いらっしゃるかしら？」

「今、ちょっと外に出ています」

小萩が答えると、

「そうお？　じゃあ、待たせてもらおうかしら。やっぱり、お福さんに直接話をしたいから」と言う。

「奥でお待ちになりますか？」

「ううん。いいわ、ここで」

冨江の表情が心なしか固い。

どうやら例の桜餅の話らしい。それも、いい返事ではなさそうだ。

「すぐ戻ると思いますから、こちらへどうぞ」と床几《しょうぎ》をすすめ、仕事場に行くと徹次が仁王立ちになっていた。何か言いたそうにしている視線を避けるようにお茶をいれて、冨江のところに持って行った。その足で外に出て、お福を探すと、近くのお稲荷《いなり》さんでお福を見つけた。

見世に戻ったお福の顔を見るなり、冨江は立ち上がって頭を下げた。

「お福さん、ごめんなさい」

「おやまぁ」とお福が言ったのと、仕事場で「がたり」という大きな音がしたのは同時だった。徹次が手にした木型を落としたのである。

今年の桜餅は東野若紫が請け負った。

お景は江戸生まれの江戸育ちのくせに、京好みである。本当は弁当も京風にしたかったらしいが、それは冨江が仕切っていたので納得した。冨江はお菓子も含んで「弁当」と言ったつもりだったが、お景はそうはとらなかった。お菓子は自分の好きにさせてもらうと、東野若紫に注文を出した。

「そうかい。それじゃあ、仕方がない」

お福がおっとりとした調子で言った。

「だって、毎年、お菓子はお宅の桜餅って決めていて、みんな楽しみにしているのよ。それを相談もなく。あら、お姑様《かあ》、桜餅は京風の方がもちもちして、おいしいでしょう、ですって。しかも、あの東野若紫でしょう。もう、悔しくて私、涙が出たわ」

冨江は、「あの東野若紫」というところに力を入れた。

「いいんだよ。うちのことは気にしないで。桜餅ひとつでお嫁さんともめたりしたら、馬鹿ばかしいよ」

そう言って、お福は冨江をとりなした。


小萩が見世の表を掃いていると、徹次が出て来た。力が抜けたような顔をしている。

「そんなことじゃねぇかとは、思っていたんだけどよ」

誰にともなく小さな声でつぶやいている。

「ま、いいさ。たまには、そんなこともあらあね」

その時、向こうからやってくる人が見えた。上背のある大きな体を偉そうにそらしている。のっぺりとした馬面の三白眼。東野若紫の当主、岩淵《いわぶち》近衛門である。

「いやぁ、ご無沙汰しとります。相変わらずのご繁盛でよろしおすなぁ」

近衛門は見え透いたお世辞を言った。

「川上屋さんの桜餅、今年はあんたのところを使うんだって？」

徹次は「今年は」のところに力を入れて言った。

「あちらはんの若おかみが、なんやしらん、うちとこの菓子をえらい気に入ってくれはりまして。いっつも、おうちのほうで誂《あつら》えたはるて聞いてましたよって、お断りしよ思てたんやけど、ぜひにと言うてくれはるもんやから」

「まぁ。川上屋さんがそう言うなら、こっちでとやかく言う筋合いじゃねぇんでね。しかし、まぁ、桜餅と言ったらやっぱり江戸が本場。長命寺《ちょうめいじ》の桜餅が始まりさ」

徹次が言った。

桜餅は百年ほど前、江戸向島《むこうじま》、隅田川堤近くの長命寺の門番が、近くの桜の葉を利用して売り出したのが最初と伝えられる。文化文政年間には大評判になって錦絵にも描かれた。ものの本によれば、文政七年（1824）、桜餅の元祖山本屋が使った桜の葉は七十七万五千枚。桜餅一つに桜の葉を二枚使っていたから、三十八万七千五百個を売ったことになる。江戸では知らぬ者のない菓子だったのだ。

その途端、近衛門の目が待ってましたというように光った。

「桜餅なら、うちとこのひいひいじいさんが太閤はんの時代から作らしてもろてましたんえ」

この日、徹次は少々頭に血が上っていたのだろう。近衛門がなんでも自分の見世の発明だと言い張ることをすっかり忘れていた。

「あんたはんも知ったはりますやろ、京の桜餅は道明寺粉《どうみようじこ》というもち米の粉を使うんですわ。大坂の道明寺でつくられたからこの名前がありますねん」

道明寺は菅原道真《すがわらのみちざね》のおばの覚寿尼《かくじゆに》がいた寺で、大宰府《だざいふ》に左遷されることになった道真はこの寺におばをたずね、別れを惜しんだそうだ。

覚寿尼が供物にしたご飯のおさがりを近しい人たちに渡したところ、病気が治ったなどと評判になり、もち米を干して糒《ほしいい》をつくり、人々に分けるようになった。これが道明寺粉の始まりと言われる。

「白いままであんこ玉をくるんで、椿の葉を添えた椿餅というのが、昔からあったそうやけど、うちの先祖が薄紅色に染めて桜餅いう名前にした。桜のきれいな季節に、高台寺にいはったおね様にお届けしたらそらもう、えらい喜んでくれはって、それから毎年つくらしてもろて、だんだんよそさんでも、同じようなものをつくらはるようになって、京大坂は桜餅というたら道明寺粉を使うことになってますねん」

どこまで本当の話なのか分からないが、近衛門はつらつらとよどみなく話す。

「そうそう。江戸の桜餅の皮やけど、あれも、都にもともとあるもんや。侘茶《わびちゃ》をつくらはった千利休《せんのりきゅう》はんは、『麩の焼き』という菓子で客人をもてなしたはった。それとよう似てますな。いや、まったく同じと言ってもええ」

もう、こうなると、徹次は言葉をはさむ余地もない。

江戸っ子が自慢する美味は、どれももともと京にあったもので猿真似でしかない。京には千年の昔から帝《みかど》がいらしたが、江戸の歴史はたかだか二百五十年。一面の芦原の水を抜いてつくった町ではないか。格が違う、格が――と近衛門の顔に書いてある。

徹次の目が三角になった。「てやんでぃ、相変わらず口の減らねぇ野郎だ。おととい来やがれ」とのどまで出かかった言葉をぐっと飲み込んでいるらしい。

見世の中では、お福がそのやり取りを悔しそうな顔で聞いていた。小萩も、幹太も伊佐も留助も仕事の手を止め、うつむいた。戻ってきた徹次は何も言わず、木べらを手にした。

悔しくて腹立たしい、いらいら、もやもやとした気分が仕事場を覆った。

突然、裏口の戸ががらりと開いて、弥兵衛が顔をのぞかせた。手には釣り竿、腰にはびくを下げている。

「おう、今日はよく釣れた。あんまり釣れるんで、帰れなくなっちまった。おい。どうした？　なんかあったたか」

場違いな明るい声に、お福はきっと顔をあげて、弥兵衛をにらんだ。

「弥兵衛さんは……、お前さんは……」

どんどんと大きな音をたてて土間をふんだ。

「どうして、いつも大事なときにいないんだよ」

弥兵衛の顔がみるみる曇る。

何か言いかけたがお福は耳を貸さず、小萩の手をとると、「ちょっと出かけるから」と言って、外に飛び出した。


お福は小萩の手をぐいぐいと引っ張って速足で進む。日本橋の北橋詰まで来ると、さすがに息が切れたのか、ゆっくりになった。

「ああ。まったく。しょうもないねぇ。また、弥兵衛さんに当たっちまったよ」

お福が言った。

「旦那さん、なぜ、おかみさんに怒られたのかも分からなかったと思います。困ったような、悲しいような顔をしていましたよ」

「あの人はいつも、そういう顔をするんだ」

お福はいつもの穏やかな顔に戻って小萩を茶店に誘い、団子を注文した。

団子は竹串に刺して炭火で軽く炙《あぶ》り、ぷっとふくらんで焦げ目がついたところを醤油と砂糖のたれを入れた壺にどぼりと漬けたものだ。あまじょっぱいたれがたっぷりかかった団子は、ほの温かく、しこしことした歯応えがあった。番茶は出がらしで、お湯に色がついただけのようなものだったが、近衛門に言われていらだった気持ちがすうっと消えていくようだった。

「だけど、二十一屋と東野若紫はどうしてあんなに仲が悪いんですか？ 昔、何かあったんですか？」

小萩がたずねた。

「古い話だよ」

お福が遠くを見る目になった。視線の先を追うと、二人の兄弟らしい男の子を連れた若い母親がいた。兄の方は十歳、弟は五、六歳か。弟が甘えた様子で母親にまとわりつき、何かねだっているらしい。兄が弟をたしなめている。

お福は放心したように、しばらく三人の姿を眺めていたが、ふと小萩の方を向くと言った。

「八年前に、娘のお葉が亡くなったことは聞いているね。暮れで忙しくて無理をしていたんだろう。突然倒れて、そのまんま。うちで預かっていた伊佐は十歳、幹太はまだ六歳だった。子供らもいて、家の仕事をして大変なはずだったのに、どうして気遣ってやれなかったんだ。私も弥兵衛さんも自分を責めた」

一番、堪《こた》えたのは徹次だった。すでに見世の主《あるじ》として切り盛りしていたが、自分は一介の職人に戻る、弥兵衛にもう一度主人になってほしいと言い出した。

「なにを馬鹿なことを言っているんだ。あんたは幹太の父親で、今は立派にこの見世の主だ。二十一屋の大黒柱なんだよって言ったんだ。半年ほどして、ようやくみんなが元気を取り戻した頃、曙《あけぼの》のれん会に入らないかと誘われたんだ」

曙のれん会というのは江戸の有力な菓子屋の寄り合いで、この会に名を連ねると一流と認められる。弥兵衛が昔修業した船井屋《ふないや》本店の主人が推薦人になってくれるというのだ。

「ありがたいことだと、私たちは喜んだ。東野若紫は前の年に会員になったばかりで、話を聞きつけて近衛門が見世を訪ねてきた。徹次さんと近衛門は年も近い。徹次さんが京菓子のことを知りたいと言えば、近衛門も江戸に来たばかりだからいろいろ教えてほしいという。向こうが立派な料理屋に招待してくれたから、お返しにこっちでも呼んだ。京には、うちみたいに職人が主をしている菓子屋がいくつもあるんだ。とびっきり腕のいい職人が見世を出すわけだから、そういう見世は茶人も通う。そんなことを言われて、徹次さんはすっかりうれしくなって、いい人だ、いい人だって言っていた」

やがて、曙のれん会の総会が開かれた。

「てっきり、うちも入れると思っていた。でも、駄目だった。後で聞いたら一番反対したのは東野若紫だったそうだ。あそこは『ろおじ』の見世だからって」

ろおじという言葉が分からなかったので、お福は京で暮らしたことがあるという染物屋の主人にたずねた。染物屋の主人は顔色を変えた。

「おかみさん、それは怒った方がいいですよ。ろおじというのは、路地のことですよ。家の間を抜ける道で、両手を広げたらつっかえそうなくらい細くて、染物、織物、組みひもなんかの小さな工房がある。そんな裏道の見世だって馬鹿にしてるんです。浮世小路は路地じゃないし、お宅は立派な見世構えだ」

お福は指が白くなるほど、こぶしを強く握った。

「近衛門のやつ、最初から反対するつもりだったんだよ。それなら、ほっといてくれたらよかったのに。親しげな顔をして近づいて、いいことばっかり言って泥足で踏みつけた。あいつはお腹《なか》の中で、あたしたちのことを馬鹿にしていたんだ」

小萩は近衛門の馬面と意地の悪そうな三白眼を思い出した。

「だけど、どうして東野若紫はそんなこと、しなくちゃならないんですか？　向こうはお見世も大きいし、歴史もあるし、別に気にすることもないですよね」

「はは。そうだよねぇ。そこがあの男の肝っ玉の小さいところさ」

お福は声を出して笑った。

表通りにある東野若紫の見世は京風の格子のある立派な造りで、職人も十人以上いる。近衛門は職人たちに指図をするが、自分は仕事場には立たない。扱うのも上生菓子や羊羹などの茶席菓子や贈答品が主で、普段は豆大福や餅菓子はつくらない。

一から十まで二十一屋とは違う。

東野若紫からしたら、二十一屋は取るに足らない見世だろう。

「ある人に言われたんだ。お宅は小さくて、歴史がない。なのに、ここまで昇ってきた。それが怖いんだよって」

近衛門は自分で菓子をつくらない。いや、つくれない。古くからいる腕のいい職人を京から連れて来て、その男に仕事場を任せている。近衛門自身は菓子については何も分かっていないらしい。

「それだって、東野若紫の息子だからね。子供のころからえばって暮らしてきたんだよ。とにかく、あっちが先に仕掛けてきたんだ。こっちも負けてばっかりはいらんないよ」

そんな風にして話はこじれ、ああ言えば、こう言い返す、顔を見ればいがみ合う仲になってしまったのだ。

「さ、じゃあ、ちょこっと行ってみるかい」

「どこへですか？」

「勘が悪いねぇ。決まっているじゃないか。川上屋だよ」

お福は立ち上がった。

川上屋は瓦屋根に白壁の土蔵造りに藍ののれんがかかった大きな見世である。

お福と小萩が川上屋ののれんをくぐると、古株の番頭が目ざとく見つけて駆け寄ってきた。

「これは、これは、牡丹堂のおかみさん、いつもありがとうございます。今日は何か、お探しで？」

桜餅の一件を知っているのか、知らないのか、ていねいな挨拶である。

「私の古い着物があったから仕立て直してこの子にやろうと思うんだけど、あんまりお古ばかりじゃかわいそうだから、半襟でも見立ててやろうかと思って」

お福はすらすらと口にする。

「さすがですねぇ。なかなか、そんな風に見世の子にまで心配りをなさるところはありませんよ」

手代を呼んで伝えると、手代はすぐさま色とりどりの半襟を目の前に広げた。反物を見るならば見世にあがるが、小物ならば小上がりに腰をかけたので十分だ。半襟を見るふりをして、見世の端から端、奥の方まですいっと目をやる。

若い娘から年増、男のお客もいて、見世は大繁盛である。一人で来るお客はまれで、娘盛りの姉妹を前に母親が手代と晴れ着の相談をしているらしいところがあれば、女房が亭主の着物を見立てているところもある。

明るい笑い声がおこって、そちらに目をやると、商家の嫁と思われる一団がいた。中心には誰よりも華やかに着飾ったお景がいた。青とも紫ともいえない色で芙蓉《ふよう》の花を描き、銀色が混じった黒い帯を背中いっぱいに広がるように大きく結っている。その脇には、お景と同じような髪型、髪飾り、よく似た色合いの着物を着た娘が三人。そこだけ光が当たっているように華やいでいる。

「きれいだねぇ。ああいう柄が当世の流行りなのかい？」

お福が無邪気な様子でたずねる。

「ええ。錦絵によく似た柄がありまして、こちらでもいくつか染めさせていただきました」

「みんなそっくりで、誰が誰だか、見分けがつかないよ」

お福の言葉に番頭が渋い顔をした。

「この頃、若おかみとそっくり同じものをとおっしゃるお客様が多いんです」

「そういうことかい。ご商売繁盛でよろしいこと」

今日のお福は言葉にとげがある。

見世を出ると、女たちの話が聞こえてきた。仲良しが集まって川上屋で着物を見て、帰るところらしい。

「素敵ねぇ。お景さん。憧れちゃう」

「雪《ゆき》ちゃん、あの着物、すごくよく似合っていたわよ。買うの？」

「どうしよう。また、おっかさんに叱られちゃう」

「でも、買うんでしょう。帯も着物も全部、一揃い」

「そうよ。両方買わなかったら、だめよ。意味ない」

「分かってるってば。仕方ない。決めた」

笑い声が起こった。

着物一枚に帯三本という。同じ着物でも、帯を変えることによって表情が変わるという意味だ。だから、今までは「ほかの着物にも合わせやすいですよ」と薦めてきた。

だが、お景の売り方は反対だ。この着物にはこの帯と決まっている。それ以外には使えない。一分の隙もない装いだが、その分個性も強くて人の記憶に残るから、何度も同じものを着ることは出来ない。

だが、それでもいい。今、その着物と帯を身につけたいというのが流行というものだ。最初は若おかみの気まぐれだと侮《あなど》っていた川上屋の人々も、お景にお客が集まるようになると見方を変えた。

最初はレエスの半襟や華やかな帯結びに眉をひそめていた人たちも、素敵だと言い、真似するようになった。気がつけばお景は周りを味方につけ、川上屋に欠かせない人となっている。

それがはっきり示されたのが、桜餅だ。

冨江が牡丹堂がいいと言い、お景が東野若紫を推した。

結局、東野若紫に決まったということは、お菓子だけとはいえ、お景が冨江の意見を差し置いて自分を通したということだ。

奉公人は見世の中の力関係に敏感だ。早晩、態度に表れるだろう。

だから、冨江は腹立たしい。捨て置けないと思う。

つまり、これは桜餅ひとつのことではない。

まさに桜餅こそ、譲れないのだ。

「小萩、あんた、あの着物、どう思った？　着てみたいかい？」

大通りに出るとお福は立ち止まり、たずねた。

「素敵でした。着てみたいと思いました」

小萩は素直に答えた。

「へぇ。あの、かまきりが鎌を持ちあげたような帯結びもいいと思ったのかい？」

「変わっているけれど、あの着物と帯には合っていました」

「じゃあ、あの襟につけたひろひろした布は？」

「レエスですよね。顔がきれいに見えます」

「ふうん。若い子の考えることは分からないねぇ」

目の前を野菜を背負った行商人や旅人らしい男や二本差しの侍が通り過ぎていく。ほとんどが枯れ葉のような色で、お景のようなお洒落な人は一人もいない。

お福は言った。

「でも、あたしもお景さんを認めてないわけじゃないよ。周りがなんと言おうと、あの子は自分がいいと思ったものを信じた。胸をはってその格好でここを歩いた。江戸で生きるというのは、そういうことだ。自分はこう思う、こうしたいと大きな声を出して、前に進む。だから道が開ける」

三十五年前、弥兵衛と二人で二十一屋を始めた。後ろ盾があったわけではない。無我夢中でやってきたという。

「小萩は何がやりたいんだい。そのために江戸に来たんだろう？」

「お菓子が好きで、お菓子のことをもっと知りたいと思って」

「知りたいっていうのは、どういうことだい？　菓子屋がやりたいのかい？」

「いえ、そこまでは……」

「一年なんて、あっという間だよ。うかうかしているうちに終わっちまう」

お福は困ったもんだというように小萩の顔をながめた。

「行先が大事なんだよ。行先が決まっていれば、いつかはそこにたどり着く。山のてっぺんまで行かれなくても、景色はみられる。だけど、それが分かっていないと、他人に流されるだけだ」

自分は何をしに江戸に来たのだろう。どういう風になりたいのだろう。

人の流れの中を胸をはって、さっそうと歩くお景の姿が目に浮かんだ。

「これが私だって胸をはって言えるようになりたいんです。どこそこの家の娘とか、お鶴ちゃんの妹とか、時太郎の姉ちゃんじゃなくて、私は私。小萩と呼ばれたい」

「なるほどね。私は私か。頑張りな」

お福は小萩の背中をたたいた。

見世に戻ると、弥兵衛の姿はなく、伊佐が台所で魚をさばいていた。

「煮つけにして晩飯にするから、小萩も手伝え」

「旦那さんは」

「魚だけおいて出て行った。いつもの所だろう」

行きつけの居酒屋、伊勢銀《いせぎん》のことだ。

「おかみさんに叱られたからね、しょげちゃったんだ」

留助が顔をのぞかせて言った。

「おかみさんが、大事な時にお前さんはいない、って言ってただろう。旦那はあれを言われると弱いんだ。青菜に塩」

支度ができても弥兵衛は戻ってこなかった。

みんなはいつものように台所の脇の板の間に並んでご飯を食べた。弥兵衛の場所は空いていて、その脇に徹次、幹太、使用人は年の順に留助、伊佐と来て、手前にお福と小萩の場所がある。立ったり座ったりするから、女の席は台所に近い。

徹次と留助、伊佐は夜の仕事があるから、かき込むようにしてすぐに席を立つ。小萩がお茶をいれるのに手間取って戻ってきたら、三人の姿はなく幹太だけがおいしくもなさそうにご飯を食べていた。

お福が「あんたも、早く行きなさい」と言いたげに幹太の顔をちろっとみて、席を立った。幹太は、わざとのようにゆっくり茶を飲んでいる。

「おはぎ、今日の魚はしょっぱい」

「味付けしたのは、伊佐さんです」

「伊佐兄はいつもしょっぱいんだ。小萩の味がいい。どうして、伊佐兄にちゃんと言ってくれないんだよ。なんだかんだ言って、小萩もやっぱり伊佐兄の言いなりだ」

「別に言いなりになったわけじゃないです」

伊佐の名前が出て、小萩は顔が赤くなった。

幹太はなんでも遊び道具にしてしまう子猫みたいな子だ。爪はとがって鋭く、加減が分からないから引っかかれると痛い。

小萩は幹太にかまわず食器を洗い、そこらをちゃちゃっとふいて仕事場に行った。

「旦那さんを迎えに行ってくれねぇか」

徹次が言った。

「私がですかぁ」

「男が行くより、女が行った方がいいだろう。そうか、夜道か。伊佐、ついていってやれ」

伊佐がちらりと小萩を見る。

「いや、いいです。近くだし、一人で行けますから」

「旦那が酔ってるかもしれないからな。伊佐、頼む」

小萩は提灯《ちょうちん》を持って見世を出ると、伊佐も続いて出て来た。半月が夜道を照らして、人通りはあまりない。空を見上げると、薄い雲が月にかかって朧《おぼろ》に見えた。春先の寒いような暖かいような、頼りない風が思い出したように吹いてくる。

小萩は伊佐と少し離れて歩いていた。伊佐は姿のいい男だ。通りを歩くと、若い娘が振り返って眺める。隣の味噌問屋で働くお絹はあれこれと伊佐の噂をする。

だが、小萩はそんな風な軽い気持ちで伊佐を眺めてはいけないと思っている。小萩は伊佐のつくる菓子が大好きだが、伊佐には人を寄せ付けない、どこかひやりとするような冷たさがある。

伊佐は端午の節句に飾る菖蒲のような男だ。剣の形の細い葉はまっすぐに伸びて、つぼみは固いこぶしのように天に向かっている。小萩が伊佐に対して浮ついた気持ちを持てばたちまち見透かされ、叱られそうだ。

ずっと黙っているのも気づまりなので、小萩は伊佐に話しかけた。

「さっき、伊佐さんたちがつくっていたのは、何のお菓子なんですか？」

「花筏《はないかだ》って菓銘だ。川に桜の花びらが散るだろう。それが切り出した材木を下流に運ぶ筏みたいに連なって見える。そんな風景を描いたものだ」

「角がぴしっと決まって濁りがない色で、とってもきれいでした」

「そうか。桜が咲き始めたら、見世に出そうかと親方と話をしていたんだ」

それで話は終わってしまった。

小萩はまた少し気づまりを感じた。こんな時、お絹がいてくれたらなぁと思う。お絹はおしゃべりが上手で、いつも面白い話をする。伊佐もお絹がいると少しだけ口数が多くなる。

「お隣のお絹ちゃんが、明日、桜餅を買いに来るそうです」

「売り切れるといけないから、数が分かったら教えてくれと伝えてくれ。とっておいてやるよ」

「言っておきます。喜びます。お絹ちゃんは、うちの桜餅が大好きなんだそうです」

「あの子は甘い物なら、なんでも大好きなんじゃないのか。いつも、お菓子の話をしているじゃないか」

「女の人のおしゃべりは、だいたいそういうものですよ」

「ふうん」

男だって同じようなものだ。話し好きの留助は、いつも徹次や弥兵衛とたわいもない話で笑っている。

「女のことはよく分からない」

「そうですか。男兄弟だったんですね」

伊佐は答えない。小萩が別の話をしようとしたとき、突然言った。

「兄弟はいない。おやじの行方が分からなくなって、その後、お袋は男をつくって出て行った。俺は何にも知らず、何日も家でお袋の帰りを待っていた。七歳の時だった」

小萩はびっくりして言葉に詰まった。

伊佐は見たこともないような暗い目をしている。

「普段通りの顔をして、ちょっと出てくるからと言って俺をおいて、そのまま戻らない。その間、俺がどうしているのか、心配にはならなかったのか、そもそも母親にそんなことが出来るものなのか、いくら考えても分からない。近所の人が来た時、俺は家で倒れていた。水も飲まなかったから体が弱ってたんだ。その人がたまたま旦那と知り合いで、その縁で二十一屋が引き取ってくれた」

「そう……。知らなかった。……ごめんなさい」

「別に謝ることじゃねぇ」

やはり伊佐は空に向かってまっすぐ伸びている菖蒲だった。葉は細くとがって、指が触れたらすぱりと切れそうだ。

「初めて見世に来た時、亡くなったお葉さんに言われた。幹太の兄さんになってやってくれって。それから幹太さんといっしょの部屋で寝起きして、風呂にもいっしょに行った。幹太さんも俺になついて、お葉さんは、俺を本当の自分の子供のように育ててくれた」

だが、その三年後、お葉は突然亡くなる。伊佐が十歳の時だった。

「俺が大事に思っている人は、みんなどっかに行っちまうんだな」

「そんなこと、ないと思います」

伊佐がちろりと小萩を見た。口先だけで、いい加減なことを言うなという顔をしている。

小萩はうつむいた。

ちゃんと両親がいて、祖父母も姉弟もいて、大事に守られている小萩に、突然母親に去られた伊佐の悲しみは分からない。二十一屋に来て、ようやく家庭の味を知ったような気がしていたら、母親と思っていた人に死なれてしまった時の絶望も想像できない。

小萩は自分の世間知らずが悲しくなった。

「だから、もう誰ともあまり親しくなりたくねぇんだ」

「そんな淋しいこと、思ったらだめですよ」

それは本当の気持ちだ。少しでも届いてほしいと思ったが、伊佐は答えない。

小萩は伊佐を遠くに感じた。

伊佐が空に向かって伸ばしたこぶしの中には、何が入っているのだろう。悲しみか怒りか。固く握ったこぶしは、伊佐自身を縛っている。仕事も出来て、見世で信頼され、若い娘が振り返るような容姿をしているのに、伊佐は孤独だ。

伊佐はいつかこぶしを開いて、自分を解き放てる日が来るのだろうか。


伊勢銀というのが、弥兵衛の行きつけの居酒屋だ。五十代の主が一人でやっている小さな見世で、縄のれんをくぐると、弥兵衛が見世の奥で壁に寄りかかってうつらうつらしていた。

「旦那、旦那」

伊佐が声をかけると、弥兵衛はうっすらと目をあけて「お福か？」とたずねた。

「おかみさんは家で、待っています。もう遅いですよ。家に帰りましょう」

伊佐が言った。弥兵衛に手を貸して立たせると、見世の主人に「いつもすみません」と頭を下げ、見世を出た。伊佐が弥兵衛に肩を貸し、小萩は伊佐と二人分の提灯を持った。

「ああ、小萩も来てくれたのか。すまないねぇ。悪かったねぇ」

弥兵衛は回らぬ口で言った。

「幹太のこと、このままじゃだめだと思うだろう。もっとびしっと叱ってやらなくちゃだめだと思っているだろう」

「思っていませんよ」

「いやぁ、思っている。そうなんだ。わしも、自分で思う。幹太に甘すぎる」

「たった一人のかわいい、孫ですから」

小萩は言った。弥兵衛はふだんいい酒だが、一年に何度かこんな風に深酒をすることがある。場所はいつも伊勢銀で、そんなときは見世の誰かが迎えに行く。

「わしは心配なんだよ。いつか、ふっといなくなるのかもしれないと思ってさ」

「そんなこと、ないでしょう」

「子供っていうのはさ、七つまでは神のうちっていう言葉を知っているか？」

「はい」

「それぐらい、はかないってもんだってことだ。昼間元気にしていても、夜には熱を出して、翌朝にはもういけない。そんなことがあるんだ」

弥兵衛の話はいつの間にか、小萩の知らない誰かのことになっていた。

「わしは、その時、お福の傍にいてやれなかった。帰ってきてくれって使いが来たけれど、わしは帰らなかった。新しい菓子をつくっていて、そのことで頭がいっぱいだったんだ。お福はたった一人であの子を看病していたんだ。不安で、淋しくて、恐ろしかったと思う。謝ったよ。何度も。でも、お福はまだ俺を許してくれていないんだ。それだけ、傷が深いんだ」

弥兵衛が深い息を吐いた。

「今日も言っただろう。お前さんは、いつも大事なときにいないって。あれはお福の心の声なんだ。胸の奥にしまっている言葉が、何かのときにパッと出てくるんだ。そのたび、俺は申し訳ないと思う。淋しい、やるせない、どうしていいのか分からない気持ちになっちまう。ああ、まだ、お福は胸の深いところで血を流しているんだなぁって思うんだよ」

歩くのが大儀になってきたらしい。伊佐が弥兵衛を背負うと、弥兵衛は眠ってしまった。

伊佐が静かに話し出した。

「さっき話していたのは、旦那さんとおかみさんの最初の子供のことだ。男の子でね。三歳のかわいい盛りに亡くなった」

そのころ、弥兵衛は両国の船井屋本店という見世の職人をしていた。船井屋本店には二十人からの職人がいたが、弥兵衛は若いながらも見世の信頼を得ていた。月一回の大事な茶会を控えたある日、大旦那が倒れた。古株の職人たちはとても無理だと逃げてしまって、弥兵衛が若旦那の庄左衛門《しょうざえもん》と二人で引き継ぐこととなった。

「そのお茶人は気難しいので有名だけど、いい仕事をすればきちんと認めてくれる。その時に気に入られ、以後、若旦那と二人で受け持つことになった」

松林に吹く風のような菓子といわれて、饅頭に松の焼き印を押して持っていったら、楽をするなと怒鳴られた。晩秋の松林で風の音を聞いているような心持ちを表せと言われた。池に映る月とか、夏の早朝の日差しの感じとか、説明されればされるほど分からなくなるようなことばかり注文された。茶人の言葉を読み解き、まだ誰もやっていないようなことを探して菓子にした。それは苦しいけれど、同時に楽しい、菓子屋冥利《みょうり》につきる仕事だった。

「そんな時、一人息子が熱を出した」

最初は風邪だと思ったそうだ。新緑の頃で暑くも寒くもない、いい気候だった。少し吐いたが、温かくして休ませればよくなると思った。今までも、そんなことが何度かあったからだ。

朝、家を出て見世に行き、それきり家のことは忘れた。茶会は明日に迫っていて、まだ納得いくものが出来上がっていない。若旦那と二人、ああでもない、こうでもないと言っているうちに夕方になった。

近所の人が使いに来て、坊ちゃんが急病だから家に戻ってほしいと言われたが、帰らなかった。それどころじゃない、何を言っている、仕事の邪魔をするなと腹立たしくさえ思ったそうだ。

「それで、家にはいつ帰ったんですか？」

「翌日の昼。茶会の菓子を届けた後だそうだ。息子は冷たくなっていて、おかみさんは泣くのも忘れてぼんやりしていたって」

――弥兵衛さんは、いつも大事なときにいてくれない。

お福のいらだったような、切ない声が小萩の頭の中で響いた。お福が初めて見せた、激しい感情だった。

「そのことがきっかけで旦那さんは船井屋本店を辞めておかみさんと二人で二十一屋を始めた。のれんに牡丹の花が染め抜いてあるだろう。息子さんが死んだ時ちょうど牡丹の花の季節で、家の近くできれいに咲いていたそうだ。こんな風に草も木も生き生きと力がある時に、どうして自分の子供だけ逝《い》ってしまったのかと悔しかったって。二十一屋は大事な息子の命と引き換えにして始めた見世だから、いつまでもそのことを忘れないように。そして息子に恥じない仕事をしよう。あの牡丹の花には、そんな意味がこめられている」

その後、娘のお葉が生まれた。すくすくと育ち、成人した。

「徹次さんと所帯を持って幹太さんが生まれ、これでもう大丈夫と安心していた時に亡くなった。八年前のことだ。旦那さんは、自分たちは幸せになっちゃいけねぇのかと思ったそうだ。これからは徹次さんが見世を仕切るんだと、自分は隠居を決めた」

心残りは、ただひとつ。孫の幹太のことだ。

「だからさ、だからなんだよ。幹太さんも、いつか、どこかに行っちまうんじゃねぇかと心配でなんねぇんだ」

提灯の灯《あか》りに照らされて、三人の影法師ができた。弥兵衛を背負った伊佐は大きな塊になっている。

弥兵衛とお福は大切な人を失って、心にできた空洞を抱えたまま生きている。伊佐はもう二度と失うことがないよう、他人と深くかかわらないことに決めた。大切な人を失ったもの同士、寄り添って生きているのが、二十一屋という店だったのだ。

「おい、伊佐」

突然、背中の弥兵衛が言った。

「幹太を頼むな。あいつのことを守ってやってくれ」

「分かりました」

「二十一屋を頼むよ。お前が頼りだ。頑張ってくれ。伊佐は筋がいい、きっといい職人になる。わしが請け合う」

「ありがとうございます」

「小萩も、いたな」

「はい」

「お前は……いいおっかあになれ」

仕事のことを言われるかと思っていた小萩はがっかりした。伊佐の顔を見ると、笑っていた。穏やかなやさしい顔だった。

しばらく歩くと、見世の灯りが見えてきた。

「旦那さん、もうすぐ着きますよ。歩きますか？」

伊佐が弥兵衛をおろし、弥兵衛の体を支えた。弥兵衛は意外にしっかりとした足取りで歩き出し、見世に戻った。

三

「ねぇ、お福さん、いらっしゃる？」

川上屋の冨江がやって来た。

「おや。しばらくぶり。どうしたのかと思っていたんだよ」

お福が奥から顔を出した。

「だって、ほら、いろいろあったから、敷居が高くなっちゃって」

「いやだねぇ。そんなこと、気にしないでおくれよ。今日は、新しいお菓子があるんだよ。お饅頭の皮を工夫して、ふかふかとやわらかいんだ」

お福に誘われ、冨江はいそいそと店にあがり、お福の大奥に向かう。小萩がお茶と蒸したての饅頭を持っていくと冨江は目を輝かせた。

「自然薯《じねんじょ》のいいのがあったから薯蕷《じょうよ》饅頭にしたんだけどさ。山芋がいつもの三倍入っている」

饅頭は白くつやつやと光って、ふわふわとやわらかい。山芋が三倍なので、厚みも三倍近くあって中はこしあん。あんの量は少し控えめだ。

「ほんと。やわらかい。おいしいわぁ」

お福は仕事場に向かって大きな声を出した。

「おかみさん、おいしいって」

「ありがとうございまーす」

伊佐と留助が返事をする。

「この皮だったら、いっそあんこなしでもよくないかい?」

「あら、あんこ入ってなかったら淋しいわよ。このあんこ、いつもより少ないわよね。あたしは、これじゃあ足りない。いつも通りのあんこが入っているのがいい。そうよねぇ」

お茶のお代わりをいれている小萩に同意を求めた。

「だけど、それだと、ずいぶん、大きくなっちゃうよ」

「いいじゃないのぉ」

といったやり取りがあって、お茶を飲んで本題に入る。

「もう、本当に腹が立って」

もちろん、お景のことである。

お景の人気は高まるばかり。お景に見立ててほしいというお客が引きも切らず、見世は繁盛している。番頭たちも、自分を差し置いて何かというとお景に相談する。この頃は、息子の清太郎もお景にべったりだ。

「二人でこそこそ話しているのが聞こえたの。お姑《かあ》さんは古いから、ですって。何よ、この間まで、何でもかんでも私に聞きにきたくせに」

胸にたまったうっぷんを晴らして帰るのはいつものこと。だが、ちょっと気になることを言った。

「古くからいる番頭は私につくでしょう。年の若い方はお景につくから、見世が二つに割れちゃったのよ」

「あらまぁ」

ついこの間まで見世の中心にいたのは冨江である。冨江が一言いえば、それがさぁっと下におりて、下働きの女中まで従った。ところが、今は、途中でお景の意見が入る。でも、若おかみさんはこう言っていましたとか、それで、どっちにしたらいいんでしょうとか、ややこしいことこの上ない。

「お景が見世を全部仕切れるならそれでいいのよ。でも、そこまでいかないもの。売れているっていっても、若い人相手の反物だけなの。値の張る物といえば嫁入り衣装だし、殿方の着物でしょう」

婚礼となれば花嫁の打掛だけでなく、両親、兄弟も着物を新調する。そうなれば男物は別格で、一家の主はほかの家族より一段も二段も上等の物となる。

川上屋の着物ならどこに出かけても安心と思っていたけど、この頃は流行り物が多くなって、安っぽくなったなどという声が耳に入る。

「それは、ちょっと心配だねぇ」

「そうなの」

冨江はお茶を手にして、考えている。

「この前、花嫁さんと妹さんの着物が色も柄もそっくりかぶりそうになったことがあって。さすがに番頭があわてて私に相談にきたの。お景に注意したら、あらだって、ご本人がそうしたいっておっしゃるし、似合うと思いますけどって」

「じゃあ、花嫁さんが二人になっちゃうの?」

「後で、よく聞いたら、前々から姉妹で張り合っていて、お婿さんになる人っていうのは、妹の方がひそかに思っていた人らしいの」

「まぁ」

そういうことがあるから、嫁入り、婿取りはよくよく注意しなくてはいけないのだと、冨江はため息をついた。

その時、表の方で声がした。川上屋の手代が冨江を呼びにきたのだ。

「すみません。大おかみ、すぐ見世に戻っていただけませんか? お客様からお叱りをいただいてまして」

冨江はあわてて立ち上がる。一旦、冨江を見送ったお福は小萩に声をかけた。

「あたしたちも、これから川上屋さんに行くんだよ。一緒においで」

川上屋に行くと、暗い色の着物を着た年寄りといっていい年齢の女が、顔を真っ赤にしてお景に怒っている。その後ろに姑らしい中年の女。さらに後ろに赤ん坊を抱いた嫁が泣きじゃくっていて、その亭主らしい男がうつむいていた。嫁の着物は青とも紫ともつかない色で芙蓉の花を描いたもので、帯は銀が入った黒。以前、川上屋の見世先でお景が着ていたものと同じだ。

番頭がひたすら頭を下げているが、お景は何か抗弁している。

「じゃあ、あなたは自分は悪くない。悪いのは全部、うちの嫁だっておっしゃるの？」

「そういうことではありませんけれど。でも、ご希望をうかがったら、そういうことでしたし。よくお似合いだと思ったので」

その返事は火に油を注いだ形になった。

「嫁はお宮参りに着たいからって、相談したって言ってますよ。お宮参りに、こんな……、こんな花魁《おいらん》道中みたいな着物で……恥ずかしい。川上屋さんはそういうお見世だったんですか」

そもそもお宮参りというのは無事に子供が生まれて、育っていることを産土神《うぶすながみ》にご報告し、感謝することだ。おのずからそれにふさわしい形というものがある。自分一人で産み育てているような顔をするなんて、言語道断。

「略式といっても限度がありますからねっ」

　甲高《かんだか》い声が離れて立っている小萩の耳にびんびんと響いた。

「お宮参りっていうのは、その家のおばあさんが赤ん坊を抱くのが普通だけど、あのお母さんは自分で赤ちゃんを抱っこしている。触るな、触れるなって肩ひじ張って。赤ちゃんはみんなにかわいがられて育つのが幸せなのにねぇ」

お福は悲しげな顔をした。

胸に積もったいろいろなことは、ある日突然、形になって現れる。

それが桜餅だったり、晴れ着だったり。

お互い譲れないからぶつかるのだ。

女たちに迫られて、お景の分が悪くなったらしい。最初の勢いがなくなり、伏し目がちになって唇を噛んだ。頬が紅潮して……。

背を向けると、奥に駆け込んでしまった。

「帰ろうか」

お福は踵《きびす》を返して二十一屋に向かった。

「しょうがないよねぇ。あの程度のことで。もう少し、骨のある子かと思っていたのに」

「あの、この先……。もう、いいんですか？」

「冨江さんがここでぎゅっと力を見せて、上手に話をまとめるよ。それができるから、大おかみなんだもの。いい機会だよ。お見世の人も、やっぱり大おかみでなくちゃって思うよ」

お福は少し溜飲《りゅういん》を下げた様子だった。

夕方、小萩が商品のお届けで出かけると、神社にお景の姿があった。いつもの派手な形《なり》をしているが、肩のあたりが寂しげに見えた。

「二十一屋です。いつもお世話になっております」

小萩が声をかけると、笑顔を見せた。二重瞼《ふたえまぶた》の力のある瞳が少し陰っている。泣いた後の瞼をしていた。

――この人も泣くことがあるんだ。

小萩は胸を突かれたような気がした。

今までお景は特別な人だと思っていた。だから、あんな風に堂々と自分がいいと思った恰好で歩けるのだと考えていた。

この人も自分と同じように落ち込んだり、悩んだりするんだ。

小萩はそのまま通り過ぎることもできた。だが、小萩はいつもの素敵なお景に戻ってもらいたかった。こんな時、お福ならなんと声をかけるだろう。

「川上屋さんの大おかみさんにはよくお見世に来ていただいているんです。若おかみさんもどうぞ、いらしてください」

お景は困ったような顔をした。

「みなさん、うちのお見世でお菓子を食べて、お茶飲んで一休みしていかれます。そうすると、元気が出るんだそうです。大丈夫、聞いたことをよそでペラペラしゃべったりしませんから」

「それは素敵ねぇ。私も今度、うかがいたいわ」

お愛想を言われた。

聞きたいのは、そんなおざなりな言葉ではない。どうしたら、小萩の気持ちが届くのだろう。

「あのぉ、今、市村座《いちむらざ》でみなさんがお稽古していて、それを見せてくださるっていうんですけど、一緒に行きませんか？　うちのおかみさんも行っています」

「私が？」

お景は不思議そうな顔をした。

「助六《すけろく》の場面をするので、市村藤之助《とうのすけ》さんも、仲屋咲五郎《なかやさくごろう》さんもいらっしゃるそうです」

少し顔がほころんだ。

藤之助と咲五郎の名前を聞いたら、だれでもそうなる。今、江戸一番の人気役者だ。しかも、川上屋がお客を招待するのも、この二人が出る舞台なのだ。

「ご注文のお饅頭を楽屋に届けるところですが、明日が初日でもうほとんど仕上がっているので、端の方からなら見ても大丈夫って言われました」

「そお？　じゃあ、ちょっとだけのぞいていこうかしら」

お景は小萩と一緒に歩き出した。

市村座の前にはもう桜が植えられ、藤之助と咲五郎の名前を書いたのぼりがはためいている。明日には、「助六由縁《ゆかりの》江戸《えど》桜《ざくら》」の初日を迎えるのだ。

助六は歌舞伎十八番の中でも、とりわけ華やかで楽しい出し物だ。花川戸《はなかわど》の助六というとびっきりいい男が主人公で、その思い人が吉原の傾城《けいせい》揚巻《あげまき》。揚巻に横恋慕するのが意《い》休《きゅう》という、見るからにいやらしい白ひげの老人だ。じつは助六は曽我五郎時致《そがのごろうときむね》という武士で源氏の宝刀友切丸《ともきりまる》を取り戻すという目的を持っている。その刀を持っているのが意休で……というのが物語。

お話も面白いが、助六がこれでもかというほど暴れて見せ場がたくさん、衣裳がきれいで言うことなしのお芝居なのだ。

晴れ着を仕立てたら、着ていく場所がなくてはならない。それには歌舞伎はぴったりで、桟敷席の隣も前も川上屋のお客で顔なじみだから「まぁ、よくお似合いよ」などと言いながら、「今度はこういう柄もいいかしら」などと考えてしまうのが女心。観劇の後には、さらに注文が来るという仕掛けである。

芝居小屋の裏手に平屋の建物があり、これが稽古場だった。脇の戸を薄く開くと、お福が顔を出した。声をひそめて言った。

「まぁ、お景さんも。よくいらしたわ。ちょうどいいところ。これから、咲五郎さんが出てくるの」

舞台と同じ大きさの板の間があって、その脇に一段高い三畳ほどの畳敷きがある。前に座るのは仲屋竹也《たけや》という座長で、お福たちはその後ろの方に並んだ。

咲五郎は若手では一番といわれる女形《おんながた》だ。舞台に出る時は白塗りだが、今は地のままで浴衣《ゆかた》を着ている。小萩は以前、一度だけ、咲五郎の舞台を見たことがある。二階の立見席の後ろの方から背伸びしてながめた。その時は、世の中にこんなにきれいな女の人がいるのかと思ったが、今、板の間に座っている咲五郎は男である。

男にしては全体に華奢《きゃしゃ》なつくりだが、それでも薄い浴衣一枚を通して胸や背中に固い肉がついているのが分かる。整ったきれいな顔立ちだが、あごが大きい。

その咲五郎が板の上に立ち、つっとこちらに振り返った。小首をかしげ、流し目になる。

「ちょいと、お前様」

小萩の背中がぞくっとした。女になっていた。色っぽくて、はかなくて強い、傾城揚巻がそこにいた。

お景が肩に力を入れ、身を乗り出して見ている。

浴衣姿の咲五郎は男だけれど女なわけで、生々しくあぶない感じがする。夢中になりそうで自分が怖い。

咲五郎は一通りさらうと出て行ってしまった。代わって入ってきたのは、朝顔仙平《せんぺい》を演じる仲屋小太郎《こたろう》だった。座長である仲屋竹也の末息子で、年は小萩といくつも変わらない若い男だ。

朝顔仙平は意休の子分で、威勢よく出てくるが、助六にこっぴどくとっちめられるという三枚目だ。白塗りの顔に紅と青黛《せいたい》で朝顔に隈取りし、眉毛はつぼみ、髭は葉に描くというのが決まりだが、今は地顔である。

「よし、じゃあ、お前やってみろ」と竹也に言われて小太郎が板に立った。

「事もおろかやこの糸びんは砂糖煎餅が孫、羽衣煎餅はおれが姉様、双六《すごろく》煎餅とは行逢《ゆきあ》い兄弟、姿見煎餅はおらがいとこ、竹村の堅巻煎餅が親分に、朝顔仙平という色奴《いろやっこ》様だ」

煎餅尽くしの台詞《せりふ》を言って、見得を切る。とたんに竹也が渋い顔になった。

「なんだ、お前。面白くもなんともねぇなぁ。今まで何をやってきたんだ」

小太郎は顔を伏せる。

「じゃあ、その先。助六との立ち回り」

助六をやっつけようとするのだが、反対にやられて足をすくわれ、背中から落ちる。助六役の藤之助はおらず、代わりの者が相手をした。くるりと回った後、どしんと大きな音がした。

「怖がってんじゃねぇよ。スコンと落ちるから笑えるんだ。もう一度」

コツがあるのだろうが、板の上に背中から落ちるのである。痛くないわけがない。

「お前、なんのためにそこにいる。助六を光らせるためだろう。だったら、自分の仕事をしろぃ。もう、いっぺん」

何度やっても竹也は納得しない。小太郎の顔から汗が吹き出し、肩で息をしている。背中が痛いのか、顔をゆがめて立ち上がろうとした途端、竹也が小太郎の腹を蹴った。

「馬鹿野郎。板の上で素《す》になるんじゃねぇ」

お福がそおっと立ったのでお景も小萩も続き、そのまま外に出た。

「かわいそうに。あたしは見てられなかったよ。よく自分の子供にあれだけ厳しくできるもんだ」

お福が言った。

「竹也さんは芸の虫だと聞いていましたけれど、本当なんですねぇ」

さっきまで気まずそうにしていたお景だったが、今はお福と子育てについて話をしている。

「もっとゆっくり話をしたいねぇ。今度、時間がある時、来ておくれ。お菓子もたくさんあるからさ」

そんな挨拶をして別れた。

しばらく歩くと、お福が言った。

「小萩、偉い。よく、お景さんを連れて来てくれたねぇ」

「たまたま神社のところでお見掛けして、なんだか元気がなさそうだったから。おかみさんなら、どういう風にするかなって思ったんです」

「あんたは優しい子だね。お景さんのことが心配だったんだね。桜餅のことはもういいよ。決まったことだからね。でも、お景さんに二十一屋は苦手だと思われるのは困ると思っていたんだ。もう、うちに注文が来ないってことだからさ。ここで話が出来てよかったよ」

「はい」

「あんたに商売のコツを教えてあげる。大事なことだから、よく聞くんだよ。ここにいる間はあたしがどういう風にお客さんと接するか、よく見ておくんだよ。自分だったらこうするとか、これはよくないとか思うかもしれないけれど、それは胸にしまっておく。そうして、きっちり真似をする。自分のやりたいことをするのは、ここを出てから」

二十一屋を始めたばかりの頃、見世が暇だったのでお福は近所のお茶屋を手伝っていた。そのおかみさんが商売上手で、お客さんが切れなかった。

「家族は何人で、いつ、どういうお茶を買ったか、みんな覚えているんだ。上等のお茶はお客さんに出すうちもあるし、旦那さんが朝一番に飲む家もある。好みを覚えて用意しておくのはもちろんだけど、時々、いつものよりもちょっといいお茶を薦める。それがコツ」

「奥の部屋も、その奥さんから習ったんですか」

「そうよ。いいだろう。でも、あれはあれで難しい。意見は言わない。黙って聞くだけ。そこで聞いた話をけしてよそで言わない」

「お景さんも川上屋さんの大おかみから、やり方を習えばいいのに」

「あの人はそんな必要ない。自分で自分のやり方を見つけるからいいんだ」

「おかみさん、厳しい」

「当たり前だよ。うちの桜餅より東野若紫の方がいいなんて言うんだから、何にも分かっちゃいない」

「えいっ」とお福は小石を蹴った。お福は温和に見えて、じつは根に持つ人である。桜餅のことを忘れるはずがない。

「なんだか、三松屋の玉子焼きが食べたくなった」

二人で仕出し弁当の三松屋に行った。裏から見世の様子をのぞくと、職人たちが明日の仕込みをしているところだった。その中には、明日の川上屋の弁当の分も入っているはずだ。

三松屋のおかみさんが出てきた。

「どうしてもおたくの玉子焼きが食べたくなったよ。少しもらえないかねぇ」

「いつもありがとうね。手つかずの弁当が二つあるんだけど、それも持っていってくれないかい？」

玉子焼きと弁当二つを買って二十一屋に戻った。夕食にはいつもの煮つけや佃煮といっしょに、それらが並んだ。

「こうやって見ると、どれも茶色いなぁ」

弥兵衛がしみじみとした調子で言った。

「おや、そうかね」

お福が少し不機嫌そうな声を出す。

醬油とみりん、砂糖で味をつけているから、どれも茶色くなる。小萩が実家で食べていたのも同じような色をしていた。

「上方の玉子焼きは黄色いらしいですね」

留助が言った。

「だし巻き玉子ってんだ。黄色くてきれいだよ。見た目はな。味はぼんやりしている」

弥兵衛が言った。

「上方は醬油が白いんだ。だから色はきれいだけど、うまみがない。俺は江戸のこってり甘い玉子焼きが好きだな」

徹次が続ける。お福は自分の言いたいことをみんなが言ってくれているので、黙っている。

小萩は真っ黒なしいたけの煮物を口に入れた。醬油とみりんとしいたけの味の汁がじゅわっと口に広がった。玉子焼きもしっかり味がついている。卵の味というより、醬油と砂糖の味だ。麦の混じったごはんに、これまた黒いアミの佃煮をのせる。アミというのは小さな海老のことだそうだ。小萩は江戸に来て、初めてアミというものを知った。煮返して味のしみた佃煮の味が小萩は好きだ。

「上方の桜餅っていうのは、どうなんでしょうねぇ」と留助。

「そりゃあ、決まっているだろう。きれいだけど、情がない。上方の女みたいなもんだ」

お福がちらりと弥兵衛の顔を見る。弥兵衛は自分の失言に気づいた。

「えっと、それで何かい？　川上屋は明日、三松屋のこの弁当に東野若紫の桜餅を合わせようってわけかい？」

醤油と砂糖のこってり味の江戸前弁当に、道明寺粉を使ったつぶつぶでもちもちの、色はきれいだが情のない上方風の桜餅が加わるとどうなるのだ？

「まぁ、そりゃあ、何だな」

「そうですよ。木に竹を接《つ》ぐってやつですから」

お福は自分の思っていたところに話が落ち着いたので、うれしそうに茶をいれた。

翌日は朝からお客が立て続けに来て、小萩がほっとしたのは夕方近くなってからだった。

ふと見ると、見世の入り口にお景の姿があった。

「あらぁ、お景さん。いらっしゃい」

お福が明るい声をかけた。

「今日は、夏のお菓子をいくつかつくってみたんだよ。葛《くず》に黒蜜をかけたものなんだけど、ちょっと食べてみてもらえないかねぇ。お景さんの意見を聞きたいよ」

お景はお福の大奥に吸い込まれるように入って行った。

小萩は葛の菓子とお茶を持って、部屋に行った。

「葛は夏の暑さを引くっていうでしょう。黒蜜とは相性がいいんだけどねぇ」

小皿の上に井戸水で冷やした葛がのっている。透明な葛は、まるで水を固めたみたいだ。とろりとした黒蜜をかけると、甘い香りが漂った。

「まぁ、きれい」

「召し上がってみて」

口に含んでお景はうっとりと目を閉じた。

「おいしい。私、葛は大好きなんです」

「そうかい。そりゃ、よかった。お景さんがおいしいって」

お福が仕事場に向かって大声を出すと、「ありがとうございまーす」という留助と伊佐の返事が来た。

お茶を飲むと、お景は居住まいを正した。

「おかみさんに謝らなくちゃならないと思って。桜餅のこと」

「なんだよ。急に」

「三松屋さんのお弁当に東野若紫の桜餅は合わなかったんです。みなさんはおいしいって言ってくださったけど、味が喧嘩する感じで」

「ああ、そうだったのか」

「私ね、姑《はは》に少し張り合っていたんです。私が考えた着物はどれも頭からだめだって言って取り合わないし、主人も見世の人も大おかみの言うまま。やっと見世に立たせてくれると言ったら、太物の方を押し付けた」

「それで、自分で着るようになったのかい。ずいぶん、思い切ったことをしたもんだ」

「最初は怖かったですよ。でも、人に見られるのって、なんだか楽しいし、いろいろな方が素敵だ、真似したいって言ってくださって……」

「ちょっと得意になった？」

「ええ」

お景は恥ずかしそうに微笑《ほほえ》んだ。

「たくさん売れればいいんでしょって意地にもなっていた。だから、強引なやり方をしてしまったこともあるんです」

「お宮参りの着物のこと？」

「あのお嫁さんには申し訳ないことをしたと思っています。姑《はは》にも主人にも謝りたいと思います」

「偉いねぇ」

お福が言った。

「そこに気づくところが、あんただよ」

「そんなこと、ないです」

「あんたはまっすぐに物を見る。いい物はいい、悪い物は悪い。その目があるから着物の見立てが出来る。今度のことで、人の気持ちを見る目も養ったんじゃないのかい？　きっといいおかみになる。川上屋さんはいいお嫁さんをもらったよ」

お景の頬が染まった。

「困ったわ。そんな風に褒められるのは慣れていないから」

「そんなはずはないだろう。そうだ、もう一つ、お菓子、食べないかい？　大福は終わっちゃったけど、羊羹とか、最中ならあるよ」

お福は口先だけのお世辞を言わない。その人の良いところをきちんと褒める。だから心に響く。信頼が生まれる。小萩は、またひとつ、お福から学んだ気がした。

それからお景はひとしきり、子供の話などして帰った。

夕飯にはまだ少し間がある時に、お絹が東野若紫の桜餅を持ってやって来た。伊佐が買ってきてくれるよう頼んだという。釣りから戻ってひと風呂浴びた弥兵衛も来て、板の間にみんなが顔をそろえた。見ると、伊佐の横にちゃっかりお絹がいる。いつからこんな風に仲良くなったのだろう。

「そう、あんたがこの桜餅、買ってきてくれたの。ありがとうねぇ。お駄賃ももらったか？」

弥兵衛がたずねると、伊佐があわてて「それはないです」と言った。

お福がお茶をいれようとすると、お絹はさっと立って手伝おうとする。小萩は出遅れて、することがなくなった。うろうろしていたら「お絹さんはお客さんだろう。小萩が先に立って動くんだ」と徹次に叱られた。

お絹はまた伊佐の隣に座る。

「あんた、お絹ちゃんって言うの？　里はどこ？」

弥兵衛がたずねた。

「八丁堀です」

「ああ、じゃあ、近いねぇ。見世には通って来てるんだね。家族は何人？」

「おばあちゃんとおとっつぁんとおっかさん、弟が二人います」

「そりゃあ、にぎやかだ」

弥兵衛はお絹が気に入ったらしい。小萩はなぜか悔しい気持ちになった。

お福が東野若紫の桜餅を菓子鉢に入れて持って来た。桜の葉に包まれた丸い菓子で、全体に薄紅色に染めた米粒のようなものがついている。これが、道明寺粉というものか。

「きれいな色」

小萩は思わずつぶやいた。

明るい、華やかな紅色だった。遠目に見れば薄紅色だが、木の下に立って見上げるとはかない白さのソメイヨシノが二十一屋の桜餅だとすれば、東野若紫は花びらが重なりあい、ポンポン玉のように丸くなった八重桜の色だ。

「はんなりって言ってね、東野若紫独特の色だよ。この紅色が出せないと職人になれない。いつまで経《た》っても小僧のままだ」

弥兵衛が言った。

伊佐は菓子を手にのせたまま、じっと見つめている。

「案外、うまいな」

早くもかぶりついた幹太がつぶやいて、一瞬、座が静まった。

「そうかねぇ。あたしはうちの見世の方が好きだよ」お福がとんがった声を出した。

「しかし、悪くない」かぶせるような弥兵衛の声だ。

初めて食べる京風の桜餅はもちもちした食感だった。こしあんもていねいにさらしてある。江戸風の塩味をきかせたあんになれた舌には物足りないような気もするが、小豆の風味があって品がいい。

「これが京菓子というものですか？」

小萩がたずねた。

「この桜餅は京菓子の端っこってところだな。京菓子ってぇのは、高い山みたいなもんだ。すそ野がずうっと広がって江戸や金沢の山に連なっている」

「じゃあ、京菓子が一番ってことなの？」

幹太がたずねた。

「誰が一番とか、そういうことじゃなくて、それぞれ自分の山を突き詰めればいいんだ。うちで炊いているあんこと、東野若紫のあんこは目指すところが違うんだよ」

小萩は口の中に残った甘さが逃げないように、口をしっかりと閉じた。一口でもお茶を飲んだら、この甘さも小豆の香りも消えてしまう。

三松屋の仕出し弁当に、この桜餅は色も味も合わない。だが、桜餅だけで味わったら、きっとみんな違う感想を持っただろう。東野若紫の近衛門は憎らしい男だが、菓子は別物と分けて考えれば、これも春らしい一品だ。

「弥兵衛さん、昔、道明寺粉を使ったお菓子をつくっていただろう。この子らに教えてやってくださいよ」

お福が言うと、

「お願いしますよ。以前、買ったものがそのままあるんです」

徹次も重ねた。

「そうか。久しぶりだからなぁ」

弥兵衛が立ち上がる。

仕事場の真ん中に弥兵衛が立ち、それを徹次、伊佐、留助が囲み、幹太も少し離れて見ている。

「道明寺粉はもち米を蒸して乾燥させ、粗びきをしたものだ。最初から火が入っているから、ちょいと水を含ませて蒸せば食べられる。もちもちした感じは時間がたっても消えない。割合扱いやすい材料なんだ。留助、桶があるか」

小半時がたって、鍋がぐつぐついって魚が煮えた頃になっても、まだ男たちは道明寺粉に取り組んでいる。

「流しものにも使えますかねぇ」

伊佐がたずねた。

「もちろん使える。昔、やったなぁ。水晶で外が透明で中心に向かって紫色になるものがあるだろう。あんな風に羊羹の中心に二色に染め分けた道明寺粉を仕込んだんだ。それ、やってみるか？」

男たちは道具を取り出し、それぞれ仕事にかかった。みんな楽しそうだ。幹太も輪に加わっている。

「まだ、しばらくかかりそうだねぇ。あたしたちはお茶でも飲んで待っていようか」

お福が言った。

仕事場から笑い声が聞こえてきた。

弥兵衛とお福、徹次に留助、伊佐。もしかしたら幹太も。みんな自分が何をしたいのか、どこに向かっているのか分かっている。江戸で生きるとはそういうことだ。そうでなければ、この町にいる資格がない。

私はどこに向かっているのだろう。

小萩は自分に問うた。

いつか、私は私と胸をはって言える日が来るのだろうか。

夏

江戸の花火と水羊羹

一

夜明けには、まだ間がある。暗い空に星がまたたき、ひんやりとした風が吹いていた。

小萩が井戸端で顔を洗っていると、徹次の大声が聞こえてきた。

「幹太はどこに行ったんだぁ」

「おや。さっきまで、そこにいたんだよ」

お福が答える。

「分かりました。もう、いいです。今日は小萩を連れて行きます」

自分の名前が出て、小萩は飛び上がった。

下駄を鳴らして仕事場に行くと、徹次と伊佐が立ったまま握り飯を食べている。白地の矢羽絣《やばねがすり》に赤い細帯をしめた小萩の姿をじろりと見て、徹次が言った。

「その形《なり》じゃだめだ。雪駄《せった》はないのか。帯も地味なものにしろ」

「前々から言っておいたのに、幹太はどこに行ったんだ」

「いつも悪いねぇ。さっきまで、たしかにいたんだよ。見かけたら叱っておくよ」

という徹次とお福の話を隣の部屋で聞きながら、お福が箪笥《たんす》の底の方から出してきた藍色の着物を着、伊佐の雪駄を借りてなんとか装いを整えた。

この日、霜崖《そうがい》という茶人の元で朝茶事があり、牡丹堂はその菓子を頼まれているのである。霜崖は、本名を剛太郎《ごうたろう》という。日本橋の長崎屋《ながさきや》という薬種《やくしゆ》問屋の主で、数年前に家督を息子に譲り、京橋の別邸に念願であった草庵風の茶室を建て、茶道三昧の日々である。

徹次、伊佐、小萩と続いて見世を出ると、伊佐が小声でたずねた。

「茶道の心得はあるのか」

「田舎にいた時、少しお稽古をしました」

御殿女中をしていたというおばあさんがいて、近所の娘たちをあつめて茶道教授をしていた。ありていにいえば、行儀見習いのようなもので襖の開け方や座敷の歩き方、お茶のいただき方を練習した。

「茶会は？」

「初釜を」

「いつもの顔ぶれが集まったんだろう。そいつは晴れ着を着ているだけで、茶会とは言わない。稽古だ」

伊佐はしょうがないなという顔をした。これから行く茶会は江戸でも有名な茶人が集うとびきり贅沢なものなのだそうだ。朝茶事というものがあるということは、話に聞いていた。夏の早朝、日差しが高くなる前に行う茶事で懐石料理と酒が出る。茶事の中でも、通人好みのものである。

「お客は五人だから、親方と俺とで回せる。小萩は何かあったとき、動けるようにしておけ」

「はい」

「大丈夫だ。心配するな。もう、十分準備はしてあるんだ」

伊佐は白い歯を見せた。

霜崖は本格的に茶を始めてから日が浅い。だが財力に物を言わせて道具や器を集め、ついに茶室まで建ててしまった。初めての朝茶事ということで、今朝はことに力が入っているそうだ。

屋敷に着いて勝手口から入るころには、空が白み始めた。淡い紅色がうっそうと茂った林の向こうに見え、鳥のさえずりが聞こえた。

「田舎の裏山に来たみたい」

「こんな金のかかった裏山があるか」

伊佐が言った。茶人の庭というのは、わざわざ無造作に自然のままに見えるようにつくってある。庭に流れる小川は落ち葉をきれいにすくって、その後、色のいいものを一枚、二枚と散らす。日陰の岩には苔を植え、毎朝、霧をふいているそうだ。

茶室の周囲は箒《ほうき》の跡が見えるほど掃き清められており、箒を持っているのは霜崖その人である。大店の惣領息子だったから、茶道を習わなければ一生箒など手にしなかっただろう。

「今日はよろしく頼みますよ」

ていねいに挨拶をされた。六十に手が届きそうな恰幅《かっぷく》のいい男で、髪に白いものが混じっているが、よく通る力のある声をしていた。

水屋に行くと、江戸一番と評判の菊亭《きくてい》という料亭の板前が懐石料理の準備に取り掛かっていた。花板らしい男がまな板に包丁を並べている。その脇で弟子が二人、米を計っていた。手にしたさらし布巾はまっさらで、その白さが目に染みた。

板前が軽く頭を下げて言った。

「こちらの甕《かめ》の水は井《い》の頭《かしら》の水だそうです。今朝、届いたと聞きました。やわらかな、いい水です。この水でだしを取るのが、楽しみです。葛を煉《ね》る時はこちらをお使いくださいとのことです」

冷たい水を入れた大甕は表面にうっすらと汗をかいている。夜明けにくんで、早馬で水を届けさせたのだろうか。お茶一杯にどれほど凝るつもりだろう。

弟子のひとりが茶碗に入れた水を持って来た。

茶碗の水を一口、すすって徹次がうなった。伊佐もうなずく。小萩が口に含むと冷たい水がするりとのどを過ぎていった。

二十一屋の井戸は日本橋界隈では一、二を争う水の良さだと聞いた。だが、小萩はふるさとの湧き水の方が好きだ。井の頭の水はふるさとの水の味を思い出させた。

二十一屋の三人が荷を解いている間に、料理人たちは仕事を進めていた。三人の料理人はひと時も手を休めず、短い言葉だけで動いている。香の物を刻むまな板の音が響き、やがてご飯がふつふつと白い泡をふいて炊きあがり、煮物鍋から昆布だしの香りが広がった。

表で人の気配がしたので、小萩は茶室の外に出て様子をうかがった。続けて二人のお客が来たところだった。

一人は鷹揚《おうよう》なお大尽風で七福神の福禄寿《ふくろくじゅ》のように頭が長いところも福々しい。もう一人はやせていて、まっすぐな鼻と穏やかな目をしていた。

「お客様が見えました」

「どなたがいらしていた？」徹次がたずねた。

「お一人はお大尽風で福禄寿のように頭が長く、もうおひと方は、細くて学者さんのような感じがします」

伊佐がふっと笑った。

「大柄な方は京下りの薬種問屋の赤岩富左衛門《あかいわとみざえもん》様で、号は赤猪《せきい》。やせた方は札差《ふださし》の白村吉兵衛《しろむらきちべえ》様こと白笛《はくてき》様だ。二人とも、江戸では名の通った茶人だ」

徹次が口をへの字に曲げたまま答えると、板前がこちらを向いた。

「そのお二人に追いつけ、追い越せと迫っているのが、本日の亭主、霜崖様です。力が入るわけですな」

「お茶の世界でも競い合いがあるのですか？」

小萩は思わずたずねた。茶道というのは一期一会《いちごいちえ》の出会いを楽しむもので、競争とは無縁と思っていた。板前はにっこりと笑った。

「それはあるでしょう。お二人ともご商売で名を成された方ですから、人一倍の負けず嫌い。何事によらず一番になりたいのです。そのお二人を追いかけているのが、霜崖様です。霜崖様は本格的に茶道の道に進まれてからの日はまだ浅いけれど、とにかく研究熱心で財を惜しまない。めきめきと力をつけていると評判です」

口では後塵《こうじん》を拝すなどと言っているが、本音は早く二人に並ぶ茶人と言われたいと願っている。

「おそらく今日の出来が霜崖様の評価を決めるでしょうね。霜崖様の評判があがれば、手前どももお褒めにあずかれます」

料理人は自分の仕事に自信があるのか、余裕の笑みを浮かべた。

膳にはすでに向付のごま豆腐が並び、あたりにはいりたてのごまの香りが漂っている。ご飯は大きな木の鉢に、鮮やかな緑の蓮の葉を敷いた上に盛られた。汁が出て、しんじょと冬瓜《とうがん》の煮物椀が続く。焼物、箸洗、八寸と進み、香の物を出し終えたときには鍋もまな板もきれいに洗われ、板前が「どうぞ」と場所を開けた。

さぁ、というように徹次が立ち上がった。この日用意したのは、滝のしぶきという葛の菓子だ。

徹次が鍋にからからと葛のかけらを入れ、玉川上水の水を注いでかき混ぜて火にかけた。白く濁った葛水が熱せられて、透明な塊に変わったと思った途端、鍋を火から外し、手早く混ぜた。紅、黄、緑の三色のあんを葛でくるみ、和紙で包んで白い湯気のあがっている蒸籠《せいろ》に並べて蒸す。

頃合いを見計らって井戸水で冷やし、和紙をはずした。紅と黄、緑の色が目に飛び込んできた。葛は少しの濁りもなく透き通り、夏の朝の光を浴びてみずみずしく輝いている。

滝つぼにかかる小さな虹のようにも見える。

夏の菓子だ。

小萩はそのあでやかさに、息をのんだ。

涼しげで軽やかで、そして力強い。

土色の器に盛りつけると、なおいっそう彩りが華やかになった。

徹次が葛菓子の残りを口に入れ、伊佐と小萩にも渡した。ひんやりと冷たく、やわらかな葛の香りが口に広がり、するりと溶けた。

「おいしい」

これが江戸の茶席菓子か。

ふるさとのお茶の稽古は、お菓子といってもお饅頭がせいぜいで、かりんとうや干し柿が出たことがあった。そういう時、先生は言った。

——侘茶の祖である千利休は干し柿や昆布、木の実などをお茶菓子にしました。だから、これも間違いではありません。主はお茶。菓子は従うもの。いつも控えめにして出しゃばってはなりません。嫁も同様です、舅《しゅうと》、姑《しゅうとめ》に口答えなどせず、よく仕えることです。

そういうものかと思っていたが、やっぱり違った。

だから、大人のいうことは頭から信じてはいけない。自分たちに都合のいいように捻《ね》じ曲げるのだ。

菓子を出し、片付けもすんで、帰るぞと徹次に言われて、小萩と伊佐は荷物を持って立ち上がった。振り返ると、茶室が見えた。

茅葺《かやぶき》屋根に土壁で、周囲をぐるりと立木と草で囲み、人里離れた田舎家のようなひなびた風情をつくっている。梁《はり》も天井も贅を尽くしたものなのだろう。茶器も銘品だと聞いた。だが、色はなかった。掛け軸は古びた書画だったし、花はむくげが一輪だけ、料理も地味な色合いだった。

菓子だけに色があった。

――お茶が主、お菓子が従う。いつも控えめに。

お茶の先生の言葉が思い出された。

一瞬、不思議な気持ちがしたが、すぐに消えた。おそらく、霜崖と何度も打ち合わせをして決めたのだ。さっきも霜崖は上機嫌で徹次に挨拶していたではないか。小萩が心配することではない。

屋敷の外にでると、伊佐は深呼吸した。

「無事、終わってよかったなぁ」

徹次もほっとした様子で言った。

「小萩もよくやった」

仕事らしいことは、何もしていない。

「それで、いい。本当は幹太に、この茶事を見せてやりたかった。そうだ。あいつ、最近、どうなってるんだ。朝の大福包みも、何度も起こされて、ようやく起きてくるじゃねぇか。伊佐、何か聞いてねぇのか」

「友達の家で将棋を指しているって、言ってましたよ」

「将棋？　ほんとかぁ？　また、妙なことを考えているんじゃねぇだろうなぁ。あの年ごろの男の子は一番危なっかしいんだ。まぁ、家にばっかりしばりつけとくわけにもいかねぇからなぁ」

徹次は思案顔である。

見世に戻って片付けようと重箱を開けると、白あんと葛粉が少し残っていた。小萩は徹次に頼んで稽古用にもらった。

今朝見た空の色の菓子をつくりたくて、白あんを淡い紅色に染めた。金色に輝いていた雲を散らしたい、空は水色にできないだろうか。そんなことを考えて、本紅を溶いた。白あんに一滴落とし、へらでのばした。

「きれいな紅色だな」

いつの間に来ていたのか、伊佐が小萩の手元を眺めていた。

「さっき見た朝焼けの色です。田舎では、朝、海辺に行くと、こんな風に空が染まっているんです」

ふーんと伊佐は見つめている。

「京菓子の紅色を真似ているのかと思った。そうか、あの紅色は朝焼けか」

伊佐は自分でも白あんを紅色に染めだした。

「東野若紫の桜餅の薄紅色はよかったな。色っぽくて、俺はぞくっとした」

しゃべると頭の中にある朝焼けの色が消えてしまいそうで、小萩は返事もしないで取り組んだ。濃すぎたり、薄くなったり、なかなか思うような色が出来ない。朝焼けは紅一色ではないと気づいて、小さく黄や青を散らしてみた。

「葛で包むやり方は分かるか？」

「今朝、見ていましたから」

「うん。あれは結構難しいんだ。初めてつくるなら、蒸した方がいいかもしれないな」

小萩は鍋に水と葛粉を入れて火にかけている間に、伊佐がさらし布を出してきた。半透明に煉った葛をのせて、あんをおき、さらに葛をのせて包み、蒸籠で蒸す。水で冷やしてさらし布をほどくと、透き通った葛菓子が現れた。中心に小萩の朝焼けと伊佐の京風の紅が閉じ込められている。

「最初にしては、よく出来たじゃねぇか」

「でも、これだと花にも見えてしまうから、もう少し流れるような感じにしたいです」

「難しいことを言うねぇ」

そういう伊佐も首を傾《かし》げている。思った色ではなかったようだ。

「もう一度、つくってみるか」

それから二人であれやこれやとつくってみた。出来あがったものを並べてながめていると、二階から徹次が下りてきた。

「ほう？　いい色だな。二人でつくったのか？」

二人と言われて小萩はどきりとしたが、伊佐は表情を変えない。ちょっとがっかりした。

徹次はひとつひとつ、丹念に眺めた。

「色っていうのは、その人が出るんだ。小萩らしい、やさしい、かわいらしい色だ。悪くねぇ。この感じを忘れねぇようにな」

徹次はもう一度、しげしげと菓子をながめた。

「なんだかお葉がいた頃のことを思い出しちまった。ちょうど今のお前らみたいに二人で、あれこれ菓子を工夫したんだ」

お葉は八年前に亡くなった徹次の女房、幹太の母親だ。

「かわいらしい菓子を考えるんだ。お馴染《なじ》みさんは、お葉が煉ったあんこの味は違うって言った。やさしい、穏やかな味がするんだってさ」

「俺も覚えていますよ。おかみさんは細いのに、大きな木べらを上手に扱っていた」

「お葉は子供のころから店で遊んでいたんだ。船井屋本店で下働きをしていた俺は、十四でこの店に来た。お葉は七つで、親父さんの大きな下駄をはいて仕事場に来て、手伝おうとするんだ。小さなかわいい手で上手に饅頭だの、大福だのを包むんだよ」

遠くを見る目になり、ぽつりと言った。

「その頃は、いつか嫁になる人だなんて思いもしなかったなぁ」

八年前の暮れ、お葉は風邪をこじらせて死んだ。その年、悪い風邪が流行ってたくさんの死人が出た。

「いつも朝から元気なのに、だるそうにしていたんだ。綿入れの上に首巻までして寒い、寒いって言っていた。熱があったんだよなぁ。早く休んでいいよって、なんで言えなかったんだろう」

徹次はふいにうつむいた。湯が沸いてたぎる音だけが仕事場に響いていた。

「のれんの牡丹の花を見るたびに、お葉のことを思うんだ。牡丹の花は二十日草って言ってな、つぼみが出来て花が開いて、散るまで、ずっと見続けてしまうくらいきれいな花っていう意味だ。俺はこんな風に、簡単に、あっけなく、お葉の一生を見届けるとは思わなかった」

伊佐は悲しそうな目をして徹次をながめていた。同じ思いでいるのかもしれない。

「なんだか湿っぽくなっちまった。なんで、こんな話になったんだろう」

徹次がいつもの様子になって言った。

「そうだ、新しい菓子だ。夏の菓子を考えようと思ったんだ。小萩も見世で売れそうな菓子を思いついたら、遠慮しないで俺に言え」

「はい。わかりました」

小萩はことさらに大きな声で元気のよい返事をした。

一人で仕事場の片付けをしていると、裏の戸がそろそろと静かに開いて幹太の顔がのぞいた。

「よかった。おはぎだけか」

「幹太さん、朝から今までどこに行ってたんですか？　みんな探してましたよ」

「いや、ちょいと知り合いのところを手伝っていてさ」

大人びた調子で言った。見ると、細縞の着物は泥だらけで袂《たもと》に焼けこげが出来ている。

「喧嘩したの？」

「違うよ。悪いけどさ。ちょいと二階の俺の部屋から着替えを持ってきてくれねぇか。これじゃあ、みっともなくて表を歩けねぇ」

頼む、と手をあげて拝む真似をした。

小萩が二階にあがると、徹次が顔を出した。

「今、下で声がしたが、幹太が戻ってきたのか？」

返事を待たずにどかどかと階段を下りていったが、幹太はすでにどこかに逃げてしまったらしい。

夕方、小萩がお使いに出ると、大川端沿いの木の下に幹太の姿があった。ぼんやりと川面《かわも》をながめている。まだ夏の日は高く、風が止まった川原は草の匂いに満ちていた。

「幹太さん、こんなところで何をしているの？　親方が探してましたよ」

「ああ、ちょっと考え事さ」

いつの間に着替えたのか、見慣れない紺地に井桁絣《いげた》の着物を着ている。その首筋が汗でしめっている。

「おはぎはさ、なんで、こっちに来たの？　なんか、やりたいことがあったわけ？」

からかってやろうと待ち構えているようないつもの顔つきではなく、どこか物憂げに見えた。

「何ですか、突然」

「おいらさ、菓子屋を継ぐのはやめようと思うんだ」

小萩は驚いた。

「だめですよ。だって、幹太さんは牡丹堂の一人息子じゃないの。そんなこと言ったら、親方もおかみさんも、みんながっかりする」

「それが、嫌だって言うんだよ」

幹太は形のいい眉をあげた。

「じいちゃんもばあちゃんも、おとっつあんも、見世を継ぐものだって決めちまっている。ちょいと何かすると、やっぱり筋がいいとか、じいちゃんの若い頃にそっくりとか言う。おっかさんが死んでから、ますますだ」

手にした小石を川に投げると、水の輪ができた。

「俺は俺で、じいちゃんやおとっつあんとは違う。好きでもないのに無理してもうまくいくわけねぇだろう」

「お菓子屋、嫌いなの？」

それには答えず、「今、面白いことやっているんだ。来いよ。見せてやる」と小萩を誘った。

丈高く夏草が茂る川原に細い道ができている。それをかき分けるようにして進むと、板で囲った古い小さな小屋があった。

「よぉ」

扉を開けると三畳ほどの広さがあり、天井の板の隙間から光が落ちていた。むっとするような暑さで、薬の匂いが漂っている。幹太と同じ年頃の少年が二人いて、黒っぽい、丸い小さな玉を並べていた。

「これ、火薬。花火をつくっているんだ」

「危なくないの？」

「危ないよ。火薬だもん。火がついたら、ボンッてこの小屋も俺たちも吹っ飛ぶ」

ドンという音とともに、きな臭い煙が昇っていくのが見えた気がした。以前、近所の子供が燃え残った線香花火をほぐして、大やけどをした。以来、小萩は花火を怖いものと思っている。

「大丈夫だよ。そんなドジは踏まねぇよ。こいつは五郎《ごろう》っていって親父は花火師。子供の頃から見ているからつくれるんだ。線香花火とか、ねずみ花火とか、小さいやつはもうつくってみた」

五郎と呼ばれた背の高いやせた少年が、ぺこりと頭を下げた。

「それで、こっちは喜助《きすけ》。俺と喜助は五郎の家の仕事を手伝っている。五郎の親父は真面目な人でさ、俺とか喜助には絶対、火薬には触らせない。だから、こっちも真剣なんだ。見て技を盗むんだからね」

喜助と呼ばれた少年は、小柄だが敏捷そうな体つきをしていた。

大名が大川端の下屋敷で、納涼の催しとして楽しんでいた花火が庶民に広まったのは、三代将軍家光の頃だといわれている。しかし、花火が原因で火事が起こることが多かったため、慶安元年（1648）に大川端以外で花火遊びをしてはならないというお触れが出されたが、禁を破るものが多く、その後何度も出されている。

「ねぇ、お願いだから、そういう遊びは止めて」

「遊びじゃねぇよ。マジだ。なんだよ、せっかく教えてやったのに、喜ばねぇのか」

「喜ぶわけないでしょ。火事でも出したら、大変なことになるんだから」

火つけは死罪。火事でも出したら三人だけのことでは済まなくなる。一体何を考えているのか。小萩は胸の奥がちりちり焼けるような気がした。

「火事を出さなきゃいいんだろ。心配すんなって。おいらたちさ、すげえ花火を考えちゃったんだ。見たら、たまげるよ。今までにないような、きれいな奴だから。それでさ、これがうまくいったら、三人で花火屋になるんだ」

幹太は三人が考えた花火がどんな風に華やかで、今までにないものかを目を輝かせて話した。

小萩は渋い顔になった。

花火屋なんて、少し考えれば、無理なことぐらいわかりそうなのに。

小萩の弟の時太郎も末っ子長男のおばあちゃん子で三文安だが、幹太もいい勝負だ。まじめに相手をしていられない。

「その花火、本当に打ち上げるつもり？」

小萩は冷たい言い方をした。

「心配すんなって。大丈夫だから。このことをおとっつあんにも、ばあちゃんにも、じいちゃんにも言うなよ。秘密だからな」

「出来ないってば、そんな約束」

「頼むよ。俺たちの最後の夏なんだから」

幹太が急に真面目な顔になり、黒い瞳でまっすぐ小萩を見つめて言った。

「秋になったら五郎は尾張《おわり》の花火師のところに弟子入りする。喜助も駒込《こまごめ》の植木屋に行く。別れ別れになるんだ。こんな風に遊んでいられるのも、もうわずかだ。最後の夏にきれいな花火をあげたらさ、いつでも仲間のことを思い出せるじゃないか。元気が出るよ」

五郎も喜助もぺこりと頭を下げた。まだ幼さの残る少年たちは、親元を出て修業を始める。その記念の花火なのか。つい、ほろりとなった。

「しょうがないわねぇ」

「おう、そうか。よかった。そんなこんなで、こっちは忙しい。見世の仕事は手伝えない。朝の大福包みだけはやるけど、そのほかはおはぎに頼む」

結局、仕事を押し付けられてしまった。

言いつけられた買い物をして見世に向かって歩いていると、釣り竿を手にした弥兵衛に会った。

「お、小萩。今日は大漁だぞ。キスにメゴチだ。てんぷらにするとうまい」

相変わらず、のんきな様子である。

「そういや、さっき、幹太に似た子を見かけたんだけど、あの子は見世をほって遊び回ってるのかい?」

「いや、えっと、いえ、違うんじゃないですか」

「やっかいなことに首をつっこんでなければいいけどねぇ。あの年ごろは、何をするか分からねぇ」

弥兵衛はちらりと小萩の顔を見る。分かっているぞという風に見えた。

小萩はもともと正直者である。ついでにいえば、小心者だ。嘘が苦手である。

いっそ弥兵衛にすべてを話してしまおうか。だが、幹太と約束した。それを違《たが》えるのか。

確かに花火は危ない。でも、大丈夫と言っていたではないか……。

迷っているうちに、妙な間が開いた。

「えっと、あの、買い物に時間かかっておかみさんが待っていると思うので先に行きます」

小萩は急ぎ足になった。

二

お福は「若い頃の弥兵衛さんは本当にいい男でねぇ。もてたのよ。幹太もきっと、いい男になるわ」と言う。

弥兵衛は若い頃は二枚目だったのだろうと思わせる、きれいな二重とまっすぐな形のいい鼻をしている。仕事は熱心だが、遊ぶ時は遊ぶ。やんちゃで知られた人だったらしい。

幹太は、弥兵衛の整った顔立ちだけでなく、遊び好きでやんちゃなところもしっかりと受け継いでいて、小萩はしょっちゅう困らされる。

小萩にあんなにしっかりと「朝の大福つくりには出る」と約束したのに、翌朝、幹太が起きてきたのは、半ば包み終わった頃だった。

「だらしねぇ奴だ。なんだ、その眠そうな顔は、もう一度、顔を洗ってこい」

徹次は幹太の顔を見た途端、大声で怒鳴った。

朝飯を食わさんと徹次が怒ったが、お福がとりなして幹太はいつものように食事の席についた。幹太は当たり前のような顔をしてご飯をお代わりした。

突き出された三杯目の茶碗に、小萩はぎゅっとご飯を押し込んで渡した。

このふてぶてしさは、一体なんだ。

もしかしたら、花火をつくっているなどというのは嘘で、小萩を怖がらせて喜んでいただけかもしれない。

朝飯を食べ終わると、幹太はいつの間にか姿を消した。

「あいつ、どこに行ったんだ」

徹次が不機嫌そうに言ったが、小萩はもう、幹太のことはあまり心配しないことにした。買い物客が次々と来るから、その応対がある。お福と話したいという馴染み客もいるし、お勝手も手伝わなければならない。手が空いたら仕事場の方も手伝いたい。

心配なことは心配だが、大丈夫と言ったのだから、大丈夫なのだ。小萩だって、やりたいことがいろいろある。


昼過ぎ、お客が切れると小萩は仕事場に行った。徹次は外に出かけ、伊佐は裏で休んでいて、留助だけがぼんやりとしていた。

小萩は小豆粒をざるに取り出すと、指先でつかんだ。

これが、大福のあんの重さ。

天秤にのせると、平衡《へいこう》を保っている。毎日練習しているので、ずいぶん上達した。

「毎日、毎日、よく飽きないねぇ」

留助が言った。

「早く、一人前の働きをしたいんです」

「練習の時と同じくらい、本番でも上手にできるといいのにねぇ」

一言多い奴である。

「だけどさぁ、おいらから見ると、あんたはあさっての方角を向いてるよ」

「はぁ？」

留助は丸い目を細め、腰掛を引き寄せて小萩の前に座った。

「あんたさぁ、何がしたくてこの見世に来たの？」

また、その話か。

「お菓子も好きだし、江戸にも来たかったし……」

「いくつだっけ」

「十六です」

「ふーん。そろそろ本気出した方がいいんじゃないの」

「何を？」

「決まってるじゃない」

嫁入りの話らしい。

「まだ、早いですよ」

「そんなこと、ないって」

留助はもうひとつざるを出すと、小豆をざらざらと入れた。

「俺もあんたくらいの年の頃はそう思っていた。気づくと三十路《みそじ》に手が届くのに、まだ独り者。光陰矢の如し。昔の人は偉いこと言うな。その頃、仲良かった娘はとっくに嫁に行って子供が三人いる」

留助は両国の菓子屋で修業し、縁あって十年ほど前に二十一屋に来た。

「江戸にはたくさん男がいるから、どこかに、あたしを待っていてくれる人もいるに違いないなんて、思っているんじゃねぇのか？　甘いって。たとえばさぁ、ここに独り者の男が百人いるとする。あんたの嫁入り先だ。でもさ、考えてみると、お侍はないよな。それから、大店《おおだな》の若旦那とかさ、いくらなんでも高望みってやつだ」

ぐっとつかんで壺に戻した。残りは半分ほどになった。

「お店《たな》者も番頭ぐらいにならないと嫁取りが出来ないらしいから、そうすると早くて三十の終わりか四十。十六の娘から見たら、おっさんだわなぁ」

またつかんで壺に戻す。

「とすると職人になる。手に職がある男はいいよな。食いっぱぐれがない。でもさ、酒と女にだらしない、ばくちが好きなんてのは駄目だろう。あんまり口が重いのもなぁ。そこそこ仕事が出来て、体が丈夫でまじめでよく働くっていうと、まぁ、このくらい」

さらにひとつかみ。

「もう、相手が決まっちゃっているってのもいるしな」

だいぶ小豆は少なくなった。

「で、もって、背が高いの低いの、顔が好きだの嫌いだのというと、まぁ、こんなもんだ」

小豆は五粒にも満たない。

「そんないい男を、若い娘っ子がほっておくはずはないだろう。取り合いにならぁね。男は一歳でも若い方がいいっていうのが本音だから。あんた、そろそろ本気出さないと、何のために田舎から出て来たのか分からなくなるよ」

「おじいちゃんから、浮ついた気持ちでいたらダメだって言われています」

小萩の口がとがった。

「まあ、じいさんはそう言うよ。でも、伊佐は悪くないだろう。伊佐が好きならさ、ちゃんと、そういう風に言葉にして、態度に表さないと」

「伊佐さんのことは、別に」

「じゃあ、お絹ちゃんと伊佐がうまくいっても、全然平気?」

「お絹ちゃんとは仲良しだから、二人がうまくいったらうれしいです」

「二人がうまくいったら、あんたは仲間はずれになるよ。二人でどっかに行っちまって、あんたはおいてきぼりだ」

にやりと笑った留助の顔が憎らしい。留助は最近、小萩をからかうのが楽しくて仕方がないらしい。幹太は子猫でまだかわいげがあるが、留助は古狸の方である。かわいくもなんともない。無視しようと思うが、つい小萩は留助の仕掛けにはまってしまう。

「伊佐さんは、女の人に興味がないんじゃないんですか？」

反撃を試みる。

「女に関心がない男なんていないよ。伊佐はさあ、おっかさんに捨てられて、母親代わりだったお葉さんにも死なれて、すごく淋しいんだよ。もうずっとね。だから、これ以上、淋しい思いはしたくないって壁をつくって自分を守っているの。壁の中でちぢこまって壁を力ずくで壊してくれる人を待っているんだ」

留助を無視して小豆を計っていると、裏の戸がするすると開いてお絹が顔を出した。

「こんにちは。あれ、二人だけ？」

「伊佐なら、井戸の方にいるよ」

図星を指されてお絹は頰を染めた。

「あ、そういうわけじゃないの。稲荷ずしをつくったから、よかったら、みなさんに食べてもらおうと思って」

ほら、ごらんというように留助は小萩をつついた。

――そうか。お絹は本気を出しているんだ。

「ありがたいねぇ。伊佐を呼んでくるよ」留助は出て行った。

ふたりになるとお絹は小萩にささやいた。

「昨日、伊佐さんと二人でお菓子つくっていたでしょう。何を話していたの？」

「見てたの？」

「見てなくても、ちゃんと分かるの。ね、伊佐さんはどんな話をしたの？」

お絹は顔を寄せた。伊佐のことなら、なんでも知りたいという風である。

「お菓子のこと。色の話とか」

もごもご言っていると、伊佐が入ってきた。

「お、なんか、うまそうだなぁ」

「食べてください。たくさんあるから、遠慮しないで」

お絹は急に明るい声を出した。小皿や箸を小萩が並べている間に、お絹は立ち上がってお茶の用意をしていた。

「土瓶と茶碗をお借りしまーす。お茶っ葉はどこですか？」

「いいよ。いいよ。俺がするから」

伊佐が身軽に立ち上がってお絹の手から土瓶を取り上げた。その伊佐の顔が穏やかだった。小萩は二人の後ろ姿をながめた。なんだか、息が合っている。いつの間にこんな風に親しくなったんだろう。

「お、うまいなぁ。ごまがたっぷり入っている。かんぴょうも上手に煮てあるねぇ。れんこんも入っているのか」

早速手を出した留助が言った。

「うちはいつもです。シャキシャキしておいしいですよね」

伊佐も一口食べて、「酢がいい加減だ」と言った。

「ほんと？　お世辞じゃなくて？　よかったぁ。本職の人に食べてもらうのは、どうしようかと思ったの。全然だめとかいわれたら、恥ずかしいでしょう」

お絹が肩をすぼめた。金魚を思わせる少し離れた丸い瞳にぽってりとした厚い唇。美人ではないけれど、愛嬌があってかわいらしい。男好きのする顔だと言ったのは、誰だっけ？

小萩は自分が出遅れている気がして、なぜか急に焦ってきた。

「ね、花火があるの。あとで、みんなで遊びませんか？」お絹が言った。

「ねずみ花火ならいいな」

「いやよ、あれは。線香花火が好きだわ。かわいらしくて」

なんとなく伊佐とお絹の二人の会話になって、小萩は入れない。

「小萩も行くだろう？」

伊佐が声をかける。

「幹太さんも誘いましょうよ。幹太さん、花火が大好きだから」

お絹が言った。

——え、その話になるの？

小萩はどきりとした。自分の顔が赤くなったのが分かった。

「あら、だって、仲良しの五郎さんのお父さんは花火師でしょう。幹太さん、荒川沿いにある工房にも手伝いに行っているって聞いたわよ」

「いつの話だ？」

伊佐が真顔でたずねた。

「もう、半月になるかしら」

「見世の仕事をほっぽりだして、なんで、そんなところの手伝いをしているんだよ。花火なんて、危ねぇもんに手を出しておかみさんの耳に入ったら、大変だよ」

留助がため息混じりにつぶやいた。

「え、何？　だれか、私のことを噂したかい？」

お福が顔を出した。地獄耳である。

「お絹さんが、今、お稲荷さんを持って来てくださったんです。おひとついかがですか？」

小萩が言うと、「おいしそうだねぇ。ご相伴にあずかろうか」とお福が座に加わった。

花火の話はそれきり出ずに稲荷ずしを食べ終わり、みんなは仕事に戻った。小萩が井戸で洗い物をしていると、伊佐がやって来た。

「お前、何か、隠しているんじゃないのか？　さっきから、少しおかしいぞ」

「いえ、何も知りません。花火のことも今日、初めて聞きました」

小萩は答えた。

「花火？　やっぱり、花火か？」

「いえ、さっき花火の話が出たから。本当に、何も聞いていないのです」

——ああ。神様、仏様、閻魔様。嘘をついてしまいました。

伊佐は少し離れたところに座った。

「だったらいいけどさ。おかみさんが幹太さんのこと、どんなに大事にしているか分かってるよな。いつだったたか、仕事場で腕にやけどしたときは、おかみさんの方が三日も寝込んだ」

「あ、あの……」

小萩は伊佐に、すべて話してしまおうかと思った。けれど、幹太の楽しそうな笑顔が浮かんだ。あんな顔はしばらく見たことがない。

そもそも、あれは、本当に花火なのか？

「なんでも、ないです」

小萩は言えなかった。

ああ、あの馬鹿たれ、三人組。


「小萩、ちょっと、おいで」

お福に呼ばれて奥の部屋に行くと、お福が紙の綴《つづ》りを手にして座っていた。

「あんた、昨日、自分でお菓子を工夫していたんだってね。その話を聞いたらお葉のことを思い出したよ。あの子もお菓子が大好きでね、新しいお菓子をいろいろ考えていたんだよ」

「親方から聞きました。あんこを煉るのも、とても上手だったたって」

お福は目じりを下げて、いつもよりもっとやさしい顔になってうなずいた。

「大店なら、女が仕事場に入ることは考えられないかもしれないけど、うちはこの通りの小さな見世だろ。弥兵衛さんも娘が一緒に働いてくれるのがうれしかったんだ。これは、あの子が書き綴っていた菓子帖さ。こんなのが、何冊もある。本当に見世で売った菓子だってあるんだよ」

細筆で輪郭線を描き、色をつけた菓子が並んでいた。お饅頭に赤い目をつけてウサギ。耳を少しとがらせて口ひげを描いて猫。犬、小鳥。

焼き印を押して紅葉。

煉り切りで作った朝顔も何種類もある。

こんな風に小さな工夫を加えるのなら、自分にもできるかもしれない。小萩はわくわくしてきた。最初から難しいとあきらめないで、小さなことから一つずつ積み重ねていけば、お菓子がつくれる。

「あんたの参考になるかと思ってさ」

「そうですね。やってみます。こんな風にきれいにできるか、分かりませんけど」

「いいじゃないか。人に見せなくても。楽しいよ、きっと」

別の冊子を開くと、赤ん坊の小さな足の形をしたお饅頭が描かれていた。横に日付と文字が書き添えてあった。

『雨が上がって暖かい。幹太、はじめて歩く』

次の菓子は犬張り子の姿をしていた。その隣は赤い鯛で『おとっつぁん、鯛を釣る。幹太のお食い初め』。

それはお葉が家族の日々を綴った日記でもあった。中心にいるのはいつも幹太だ。生まれてからずっと幹太はこの家の真ん中にいる。みんなを笑わせ、喜ばせ、元気にさせてきた。

花火のこと、おかみさんに黙っていて、いいのだろうか。

小萩はちらりとお福の表情をのぞいた。

お福は懐かしそうにお葉の菓子帖をながめていた。初めての行水、ほおずき市、金魚売り。

「幹太は金魚が大好きでね。一時《いっとき》でもながめているんだよ」

お福があまりに楽しそうに思い出を語るので、小萩は最後まで花火のことを言えなかった。


夕方、お使いのついでに小萩は、大川端の小屋に寄ってみた。夏草の間をかき分けて歩くと、ぴょんぴょんとバッタが飛び出した。

壊れかけた小屋は前と同じく蒸し暑く、火薬の匂いがした。

「お、いいところに来た。ちょうど今、玉皮《たまがわ》をつくっていたところだ」

幹太は上機嫌で、手の平ほどの大きさの厚紙でできた半球を見せた。

「こいつは玉皮って言って、ここに火薬を詰める。こっちの大きい方が『星』で光をだすもの。それでこっちの小さくて黒い球が『割薬《わりやく》』っていう星を飛ばすための火薬だ。導火線を入れて二つの玉皮を合わせて出来上がり」

なんだ、思ったより小さい。

「星と割薬がこすれないように和紙で包むんだ。割薬はちょっとのことで燃えるから注意しないとね」

喜助が言ったので、小萩は背中に汗をかいた。

「昔、幹太さんがやけどした時、おかみさんは熱を出したんでしょ。その気持ち、少しは分かってあげてください」

「あのさ、おはぎ」

幹太が腕を組んだ。

「ばあちゃんは自分の子供を二人とも亡くしているからね、孫までいなくなったらどうしようって心配なんだ。その気持ちも分かっているよ。だけど、ばあちゃんも一生、おいらについているわけにはいかないんだよ。おいらもいつか、ばあちゃんの腕の中から出ていく日が来るんだ」

「だけど……」

「おはぎだって、広い世界が見たくて江戸に来たんだろう。大人になるってそういうことだよ。自分のいる世界が狭くなって、もう何があるかみんな分かってしまって退屈で、ここじゃない、どこかに行かなくちゃならないって思う。おいらも同じだよ」

「それなら、もっと、ふつうの、みんなが安心して見ていられるようなものにすればいいのに」

「じゃあ、なんだったらよかったんだよ。鮒《ふな》なんか釣ったって面白くもなんともないだろう。空にぱっと光の花が開いて、ああ、やったって思う。三人が別々のところにいても、あの日って思い出せる。そういうことなんだ」

幹太はやっぱり、すばしっこい若い猫だった。いつまでも抱いていようとすれば、嫌がってとがった爪を立て、逃げ出していく。自分の力を過信して塀から落ちるかもしれないし、犬に追いかけられるかもしれない。危なっかしいけれど、それをしなかったら大人になれない。

「分かった。分かりましたよ。でも約束してね。この花火をあげたら幹太さんは、今までみたいに朝起きて、豆大福を包むんですよ」

「それは、約束できねぇなぁ。おいら、仕事場に立つの嫌なんだ」

「どうして？　なんで、嫌いなの？」

小萩の声が高くなった。

「だって、おいらのおっかさんはあそこで倒れたんだよ。最後まで大福包んでいて、それで力尽きたんだ」

ふいと横を向いた。

「おっかさんが倒れた日のこと、今でもよく夢に見るんだ。突然、力が抜けたみたいにくしゃっと地面に座り込んだんだ。顔が紙みたいに白くて、口を開けて何か言いたそうにしているのに、声が出ない。医者が流行りの悪い風邪だって言った、おいらに伝染《うつ》しちゃいけないと知り合いに預けられた。会えないまんま、かあちゃんは死んだ。頬がこけて違う人みたいだった。ほんとにさぁ、よく、みんな平気な顔してあそこに立って、仕事出来るよな。おいら、ぜってぇ、嫌だ」

幹太は口をへの字に曲げた。

「前の晩、かあちゃんは赤い顔をしていたんだ。いつもおいらと一緒に寝ていたのに、その晩にかぎってばあちゃんの部屋に行きなって言った。かあちゃんは自分が風邪をひいていて、それも質《たち》の悪いやつかもしれないから、おいらに伝染しちゃいけないと思ったんだ。

どうしてあの時、おいらはばあちゃんにかあちゃんは病気だって言わなかったんだろう。言っていたら、ばあちゃんは休めって言っただろうし、あんな風に死ぬことはなかったんだ」

「でも、幹太さんはまだ小さかったし……」

「関係ないよ」

強い調子で遮った。

「とうちゃんも、ばあちゃんも、じいちゃんも、みんなかあちゃんに甘えていたんだ。それで無理をさせた。かあちゃんは人一倍頑張り屋で、おいらやみんなや、あの見世のことが大好きだから、いつも自分のことは後回しにしていた。そういうこと、分かっていて、みんな甘えていたから……」

幹太はぐっと奥歯を嚙みしめた。目が濡れている。

だから、あの場所が嫌いなのか。菓子屋を継ぎたくないのか。

幹太はいたずら好きで、わがままな子猫みたいな少年だ。けれど、胸の一番奥のところに悲しみを抱えている。悲しくて辛くて、やりきれない思いは長い時間をかけて石のように固まって、幹太を苦しめる。

小萩は幹太の気持ちなど何も分からず、偉そうに注意をしていた。

「余計なこと言って、ごめんね」

「何がさ」

「おっかさんのこととか、いろいろ」

「いいよ。別に。今まで、こんなこと誰にも言わなかった。おはぎが初めてだ」

へへ、と白い歯を見せて笑った。

「花火は打ち上げる。明日の夕方。ここからだ」

幹太はきっぱりと言った。


見世に戻って井戸で青菜を洗っていると、お絹がやって来た。

「ねぇ、小萩ちゃん」

甘えたような声を出した。

「ねぇ、一生のお願いがあるんだけどさぁ。伊佐さんの着物の端っこを少しもらえないかしら。伊佐さんに気づかれないように、はさみで切って私にちょうだい」

そんなものをどうするのだ。

「小さな袋に入れて二十日間、肌身離さず持っていると両想いになるっていうおまじないがあるの。でも、相手に気づかれちゃだめなのよ」

お絹はちりめんの小さな巾着袋を手渡した。中に握りばさみが入っていた。

「えー、でも、自分で切れば？」

「だめよ。だって、あたしはお見世があるし、小萩ちゃんの方が伊佐さんと一緒にいる時間は長いでしょう。さっきも、横に座ってすきを狙っていたんだけど、だめだった」

ね、お願いというお絹の目が、思いのほか真剣なことに小萩はたじろいだ。

「あたし伊佐さんと、ちゃんと両想いになりたいの。伊佐さん、やさしいけど、それだけっていうか。もう、これ以上は近づかないでって言われているような気がするの」

伊佐の人を遠ざけるような冷たさを、お絹も感じていたんだ。

小萩はちりめんの袋をながめた。それはお絹の手製だった。お絹は手先が器用で、こまごまとしたものをよくつくった。小萩はお絹に教わって、シジミの貝殻をちりめんで包んだ根付をつくったことがある。

江戸に来たばかりの小萩が最初に仲良くなったのは一つ年上のお絹で、それは伊佐のことを差し引いてもお絹のやさしさや人懐っこさからくるものだった。かんざしならこの見世、下駄ならあそこと、安くていいものを売っている見世を教えてくれたのはお絹だったし、近くでお祭りがあるといえば誘ってくれた。親元を離れて、あまり淋しい思いもせずにこられたのはお絹がいたからだ。

お絹の頼みなら、快く引き受けたい。

だが、もしおまじないが効いたら、二人は両想いになるのだろうか。

なってほしいような気もするし、淋しいような気もする。

それはお絹が伊佐にとられてしまうからか？

それとも、伊佐がお絹にとられてしまうことが嫌なのか。

誰が好きとか、嫌いとか、そういう浮ついた気持ちはこの一年、無用でいようと思った。ただ、ひたすらお菓子を学ぼうと思っていた。だから、さっき菓子帖の話を聞いた時、舞い上がるほどうれしかったのに。

一体、何を考えているのだ。こんな調子では、結局、何もできないうちに一年が経ってしまう。これを流されるというのではないのか。

気づくとお絹はもう去っていて、小萩の手の中にはさみが残されていた。

仕事場に行くと、伊佐と留助がどら焼きの皮を焼いていた。部屋の隅に手ぬぐいがおいてある。着物と言ったが、手ぬぐいでもかまわないだろう。握りばさみを出して端の方を切ろうとしたら、急に伊佐が振り向いた。

「お前、そんなところで何をしているんだ」

「いえ、あの、ちょっと」

悪さを見つけられたようにしどろもどろになった。頬が熱い。

「好いた人の身に着ける物の端をちょこんと切って、お守り袋に入れるっていうおまじないだよね」

留助が言った。

「あ、でも、それ、私のためではなくて、人から頼まれたんです」

一瞬、伊佐が眉根を寄せて不愉快そうな顔をした。

「へぇ。誰かなぁ。じゃあ、お絹ちゃんだ」

また、留助が口をはさむ。

伊佐は小萩の手からはさみを取り上げると、袖の先を少し切った。

「これで、いいのか」

「あ、ありがとうございます。お絹ちゃん、喜ぶと思います」

伊佐は固い笑顔を返した。

小萩はちりめんの袋にはさみといっしょに伊佐の着物の切れ端をしまった。

伊佐に気づかれてしまったが、効き目はあるだろうか。

そっと見ると、伊佐は何事もなかったようにどら焼きの皮を焼いている。長い形のいい指でへらを素早く動かすと、どら焼きの皮がくるくるとひっくり返っていく。こんがりときつね色に焼けた皮はふっくらとやわらかそうで、仕事場には卵と砂糖の甘い香りが漂っている。

いつまでも、こんな風に伊佐のそばにいられるわけではないのだ。

そう気づいた途端、何か大切な物を失ったような気がして、切なくなった。

伊佐と一緒にいると息苦しくなって、伊佐が笑っているとうれしくなって、お絹と仲良くしているといらだたしくなる。それは小萩が今まで知らなかった気持ちだった。小萩はその気持ちをどう扱っていいのか分からなくなった。

伊佐が突然顔をあげて小萩に言った。

「あんたも、面白半分にこっちの仕事に手を出したりしないで、見世で売る仕事をしっかりした方がいいよ。菓子を売るのも立派な菓子屋の仕事だ。つくる仕事は男に任せた方がいい」

小萩は一瞬、何を言われているのか分からなかった。

「こっちにいるのは一年だけなんだろう。いろんなものを覚えたいって気持ちは分かるけれど、あれもこれもって欲張って上《うわ》っ面《つら》だけ見て帰っても役に立たないだろうって言っているんだ」

「でも、私は仕事場も好きだから。亡くなった若おかみさんも、仕事場に入ってお菓子をつくっていたんでしょう」

「あの人は特別だ。ここは自分の家で、子供の頃からみんなの仕事ぶりを見ていた。半年や一年、ちょこっと手伝って身につくものじゃねぇ」

伊佐は突き放すような冷たい言い方をした。小萩は悲しくなってたずねた。

「私がいると邪魔なんですか？」

「邪魔じゃあねぇけど、気になる。火を使っているし、刃物もある。あんたにわけも分からずうろちょろされると、怪我でもされるんじゃないかと気が散る」

そういうことか。

「そうですね。すみませんでした。申し訳ありません」

小萩は伊佐に謝って仕事場を出た。

ちりめんの巾着袋のひもを解くと、握りばさみといっしょに伊佐の着物の切れ端が入っていた。それは紺の木綿で、伊佐がいつも着ているものだった。手に取るとざらざらとした布の触感が指に伝わってきた。そっと布を顔に近づけると、伊佐の匂いがする気がした。

お絹ちゃんに渡さなくちゃ。

路地をはさんで向こうにお絹の働く味噌問屋がある。脇から見世の様子をのぞくと、お

よ」

日本橋通町に構える長崎屋の見世は白壁の土蔵造りの大店であった。丸に長の字を染め抜いた紺ののれんを分けて、ひっきりなしに人が出入りしている。裏手に回って勝手口から声をかけると、奥に通された。広い座敷には南蛮渡来の絨毯《じゅうたん》が敷いてあり、床柱を背にして霜崖がいた。

渋い顔をしている。

「この間はご苦労だったねぇ。じつは、あの菓子のことで赤猪様からお叱りを受けてね」

「お気に召しませんでしたか」

「茶味がないと言われたよ」

茶道らしい風雅な趣がないということだ。

「あくまでお茶が主、菓子は従。分際を忘れて出しゃばっている、弁《わきま》えのない無礼な菓子だと注意された」

「申し訳ありません」

徹次が頭を下げた。

「お宅は茶席菓子ではそれなりに名が通っているから、安心していたんだが、案外、ものを知らずだったねぇ」

ぐうという音が徹次から聞こえた。奥歯をぐっと噛みしめたらしい。霜崖はすべての責任は二十一屋にあるという言い方をしているが、こちらは菓子屋。いくつかの案の中から、最後にこれと決めたのは霜崖である。

「私が欲しかったのは、こういう菓子だ」

塗りの小さな箱には薄緑色の葛菓子が三つ入っていた。

「水藻《みなも》の玉という銘だ。やっぱり京の菓子は違うなぁ。面白味がある」

透き通った葛を通して、紅色に染めたあん玉が見える。素人が包んだように葛の表面はでこぼこで、無骨だ。

「おかげで、すっかり恥をかいた。もっと勉強してもらわないと」

徹次の顔が真っ赤になっている。

「しかし……」

何か言いかけたので、あわてて袖を引く。ふうっと息が抜けた。

「修業が足りませんでした。この菓子、持ち帰って学ばせていただいてもよろしいでしょうか」

徹次はもう一度、頭を下げた。

見世に戻ると、弥兵衛、お福、伊佐と留助も仕事場に集まってきた。

「滝のしぶきは茶味がないと言われたよ」

徹次が言って、水藻の玉を見せた。

「こういう菓子を作れってか。言われたままをこっちに押し付けたな。この紅色は東野若紫だろう。赤猪は京びいきだからな」

弥兵衛が言った。

「また、東野若紫か」

伊佐が悔しそうにつぶやいた。徹次は筋張った指で、水藻の玉をつまみあげた。

「悪いが、俺にはこの菓子のどこがいいのか、全然分からない。水藻の玉という菓銘で紅あんを使うのも解せない。一番はこの形だ。まるで素人じゃねぇか」

百個つくったら百個同じ姿形にするのが職人の仕事だという。手秤《てばかり》で同じ大きさにあん玉がつくれるように練習しているのもそのためだ。

「わざと下手につくっている。いや、形にこだわるのをやめたんだ」

弥兵衛が静かな調子で言った。

「以前、京の菓子屋に言われた。江戸の菓子はこれみよがしに技を見せるが、同じ形じゃ面白みがないだろうって。木の葉はどれもよく似ているけど、よく見ればひとつひとつ形が違う。そこに風情がある。面白みがある。きれいにつくろうと思えばつくれるけど、あえて素人臭くつくるんだ。乱暴なんじゃない。簡素なんだ」

江戸に幕府が開かれて二百五十年以上経つ。最初のころは人手も技も足りなくて、多くの物を上方から取り寄せた。酒、反物、それに菓子。上等なものは下り物といわれた。取るに足らない、つまらないものを下らないというのは、ここから来ている。だが、百年もすると、江戸の町も力をつけ、上方に負けないものがつくられるようになった。

幕府にお出入りするのは京菓子屋と決まっていたが、吉宗《よしむね》の時代になると江戸で始めた菓子屋がそれに加わる。京菓子の真似ではない、江戸独自の色や姿が生まれた。金沢や尾張などでも、土地柄を反映した菓子が発達した。

しかし、それでもなお、菓子は京にかぎると考える人は少なくない。

「江戸の菓子には見るべきものがない。味もよくないし、姿も平凡だ」と明言する人さえいる。

いつまで経っても、江戸は京の下なのか。

悔しいじゃねぇか。江戸っ子の名が泣くぜ。

徹次の顔に書いてある。

「じつは、赤猪とうちとはちょっとした意趣があるんだ。最初に言えばよかった。みんなには悪いことをしたね」

　弥兵衛が苦く笑った。

　二十一屋を始めたばかりの頃、赤猪こと、赤岩富左衛門も京から下ってきたばかりだった。赤岩富左衛門はさる件で幕府の重鎮に近づいた。その時手土産にしたのが、高価な東野若紫の羊羹だった。だが、その話は結局、別の江戸の商人が請け負った。江戸商人の手土産は二十一屋の豆大福であった。

　重鎮はこう言ったそうだ。

　──私は紫よりも、牡丹の花の方が好ましい。

「もののたとえなんだから聞き流してくれればいいものを、赤岩富左衛門はいまだに根に持っている。こっちはとんだ、とばっちりだよ」

「そんなんで嫌われたら世話ねぇなぁ」

　伊佐がぽつりと言った。

　その時、お福が顔をあげてまわりを見回した。

「おや、誰かいないと思ったら幹太が見えない。どこに行ったんだろう」

「友達のところで、将棋を指すって出かけていきましたよ」留助が言った。

「将棋たって、あいつは銀と飛車の区別もつかねぇぞ」徹次が言った。

「小萩、あんた、何か、聞いていないの？」

「あ、いえ。とくに、何も」

お福の問いに、小萩はまた嘘をついてしまった。結局、その日、幹太は暗くなるまで戻ってこなかった。


明け方にはまだ少し時間があるのに、仕事場の方からごとごという音が聞こえてきた。

小萩は足音をしのばせて、仕事場に続く階段を下りた。

暗い仕事場には灯りがついていて、徹次と伊佐がいた。伊佐はかまどに火を入れていた。

「あれから、いろいろ考えていたら、眠れなくなった。俺のどこをたたいても、京都の京の字が出てこねぇ。当たり前だよ、京なんか、知らねぇ。行ったこともねぇ。だから雅だの、風情だの、分かれと言われても無理だ。どうしろってんだ」

徹次が鍋に葛のかけらを放り込むと、からからと乾いた音がした。水を加えてかき混ぜると、すぐに溶けて白濁した。

「なんだ、小萩、そこにいるのか。早いじゃないか。見たいんだったら、遠慮しないでこっちへ来い」

徹次が言った。小萩はいたずらを見つけられた子供のように首をすくめた。伊佐は何も言わない。

小萩は静かに下に降りて、隅の樽に腰をかけた。

鍋は煮立って半透明になり、かき混ぜると筋が出来た。さらに混ぜると、全体が透き通ってくる。

それを徹次はひとつかみし、あん玉をのせて包み、水をはった桶に落とした。

するりと綴《と》じ目がはがれて、あん玉が転がり落ちた。

「もっとしっかり包まないとだめなのか」

「いざ、真似しようとすると案外、難しいですね」

二人は小萩のことなどすっかり忘れて、仕事に夢中になっている。熱い葛をのせるので、二人の手の平は真っ赤に染まった。

ざるの上に葛の塊が五つ、六つ並ぶ頃には、二人ともコツをつかんだようだ。だんだん形がまとまってくる。そうなると、二人は形が気になるらしい。

「こういうのを面白味っていうのか？」

「まとまり過ぎているのも変ですが、ぐちゃぐちゃっていうのも嫌だな」

十個ほど並んだところで、徹次が言った。

「もういい、やめだ。小萩、白湯《さゆ》をくれ」

茶碗の白湯を飲み干すと、徹次は言った。

「俺たちは江戸の菓子屋だ。江戸っ子に菓子を売るんだ。京の真似をしても意味がない。俺たちがいいと思うことを追いかければいいんだ」

「そうですね」

伊佐がうなずいた。

「俺はさ、切り口はスパンとした方が好きなんだ。味もシャキッとしている方がいい。菓子なんざ、いろいろ考えさせるより、分かりやすいのがいいんだ。おい、小萩、お前はどうだ」

突然、徹次が小萩にたずねた。

「私もはっきりしている方がいいです。葛ってきれいだけど、スパンとしてないですよね。寒天の方がシャキッとしています」

小萩は思ったことを口にした。

「そうだ。江戸っ子は葛じゃなくて、寒天だ」

「だったらいっそ水羊羹も寒天だけでつくりませんか？　角がぴしっとなりますよ」

調子づいた小萩が続けた。

「水羊羹は葛を使うもんだ。昔っから、そう決まっている。第一、どうやって蒸すんだよ」

伊佐が口をとがらせたが、徹次はほおという顔になった。

「そうか。蒸さないんだよ。寒天の液をつくって、あんこを入れて固める。小萩、そういう話だろう」

徹次は鍋に水をはり、棒寒天をちぎって投げ入れた。棒寒天が水を含んだら、火にかけてかき混ぜていると、大きな泡がぶくぶくと出てきた。一度こして、粗熱《あらねつ》がとれたらあんを混ぜ、舟と呼ばれる木型に流して固める。

いつものようにあんを炊いて、それからお福や留助も加わって大福を包み、終わった頃には水羊羹は固まっていた。舟から取り出し、井戸水で冷やす。包丁を入れると、すぱっと切れてきれいな面が出来た。

「おお、よく出来てらぁ。うん。葛より、いいかもしれねぇな。よし、うちは今日からこっちでいこう。蒸してない分、風味がいいや。小萩、よくやった」

徹次はうれしそうに笑った。一切れもらって口に入れると、するりとのどを甘さが過ぎていく。

「悪くないわねぇ」とお福はつぶやき、少し考えて「伊佐さん。一番上等のあんこでつくっておくれ。値をちょいと高めにつけよう。大丈夫、あたしが売るからさ」と言った。

新しい水羊羹はよく売れた。お福の売り方も上手なのだ。なじみのお客が来ると、「ちょいと、これ、試しに買っていっておくれよ。うちの新しい羊羹。きれいな切り口だろう」と薦める。

木の葉にのせた薄墨色の水羊羹は表面が鏡のようになめらかで、たった今、水から引き上げたばかりのように光っている。

だが、値段は今までのものより、二割ほど高い。

「いい値だねぇ」とお客が渋れば、

「だって、あんこが上等だもの。水羊羹は水気が多いからあんこに力がないと甘いばっかりで、小豆の香りがないんだよ」

と答える。その言い方には少しの迷いもなく、聞いた方はなるほどと納得してしまう。

「じゃ、まぁ、おかみさんの顔を立てて」

買って行ったお客が、しばらくして、

「俺の口に入る前になくなっちまったよ。お客の分もあるから、あと六つ」

とやって来る。

そうなると、ほかのお客も買わないと損のような気がして、注文する。大福もよく売れて、昼前には今日の分を売り切ってしまった。

「足りないくらいでちょうどいい」

お福は機嫌よく奥の間でお茶を飲んでいた。

午後の暑い盛り、茶人の霜崖が一人でふらりと見世にやって来た。

「いや、この先でちょっとした寄り合いがあってね。酔いを醒まそうかとふらふら歩いて来たんですよ。徹次さんは、おられるかな？」

「はい。仕事場ですが、呼びましょうか」

小萩が答えた。

「あは。いや、ちょいと伝えなくちゃいけないことがあってね」

奥の間に霜崖を通し、徹次とお福が会った。小萩はお茶を持って行った。

「昨日、あれから白笛さんがわざわざ拙宅にいらして、朝茶事のことを大変に褒めてくれた。だから、菓子のことで赤猪さんに叱られたと言ったら、白笛さんが困った顔になってね。赤猪さんはなんでも自分が一番じゃなければ気がすまない。格下と思っていた私が思いのほかいい茶事をしたから、焼きもちを焼いたんだ。あの人は、最初は親切にいろいろ教えてくれるけれど、自分の地位が脅かされると思った途端、手の平を返したように意地悪くなってつぶしにかかる、注意しなさいよって」

霜崖は前の日、頭から叱りつけたことなどすっかり忘れたように菓子をほめた。

「万事うまくいったということなら、こちらは言うことはありやせんから」

徹次は仕事場に戻ったが、ほどよく酒が回った霜崖は腰を上げる気配はない。お福を相手に機嫌よくしゃべり続けた。

霜崖を見送ると、西の空が赤く染まっている。幹太たちは花火の準備をしているだろうか。考えていると、

「小萩、ちょっとそこまで付き合ってくれないか」

弥兵衛に呼ばれた。

「夏も終わりだってぇのに、涼しくならんなぁ」

蜩《ひぐらし》の鳴く道を弥兵衛について行くと、大川端に来た。夏草の茂る川原の向こうにゆったりとした流れが見えた。

「それで幹太たちはどこにいるんだ。知っているんだろう」

先刻お見通しであった。

「そりゃあ気がつくさ。お前さんは嘘がへただねぇ」と笑う。

小萩は草原にできた小道を指さした。最初は夏草に隠れていた道も、幹太たちが何度も行き来したので踏み固められている。草をかき分けて進むと小屋に出た。

「おはぎ、遅いよ。もう、来る前にあげちゃおうかと言っていたんだ」

言いかけた幹太の口が、小萩の後ろにいる弥兵衛に気づいて「あ」の形のまま固まった。

「悪いね。ちょいと見物させてもらうよ。気にするな。邪魔はしねぇから」

弥兵衛はそう言ってそばにあった石の上に腰を下ろした。

「なんだ、おはぎ、しゃべっちまったのか」

幹太が言った。

「お前たちのすることぐらい、とっくにお見通しだ。じいちゃんを甘く見るんじゃねぇ。そこの背の高いのは花火師のとこのせがれだろう。そいで、もう一人は植木屋の子で、もうじき、駒込に修業に出るんだろ。それで、あれはなんだ。自分らで花火をあげようってのかい」

「ちぇ。かなわねぇなぁ」

幹太が口をとがらせた。

小屋の前の草は丸く刈られて、筒が三本、地面から空に向かって突き出ている。

「今から、種火を入れます。そうすると、一番下にある火薬が燃えて導線に燃え移って、花火の芯にある火薬に火がつきます。それで打ちあがります。危ないので、後ろに下がってください」

五郎の説明で小萩と弥兵衛は土手に近い、一段高くなった場所まで下がった。腰をおろして眺めていると、三人はさらさらと黒い火薬をおいて、静かに丸い花火の玉を置いた。それから、それぞれ縄に火をつけて筒に投げ入れると、小萩たちのいる場所まで走ってきた。

最初に五郎の筒から煙が上がり、続いて喜助の筒からも煙が出た。しばらく待っていると、シュルシュルという音が聞こえ、五郎の筒から花火が飛び出した。それを追いかけるように喜助の花火もあがる。

パン。パパン。

昼の青さを残した空に光が散った。

幹太の話ほど華麗ではなかったが、三人にふさわしいどこか固さを残した瑞々《みずみず》しい光だった。

「なんだよ。おいらの火は消えちまったのかよ」

走り出そうとする幹太の腕を弥兵衛がつかんだ。

「お前、そんなへぼな仕事をしたのか？」

「まさか」

「だったら、ここでおとなしく座ってろ。時間がかかっても、ちゃんとあがる。じいちゃんが見届けてやる」

　幹太は弥兵衛の横に座った。

「お前、菓子屋が嫌いか？」

「そういうわけじゃねぇけどよ」

「お葉があそこで、倒れたからか」

　弥兵衛の言葉に幹太はうつむいた。

「江戸の花火は死んだ人の魂を慰めるために始まったって知っているか？」

「知らねぇよ」

「享保というから百年以上前の話だ。その前の年、飢饉と流行り病で人がたくさん死んだんだ。江戸の花火はそれが最初だ」

　弥兵衛は花火の消えてしまった空をながめた。

「死んだ人の魂を慰めるっていうのは、つまり、生きている人間の心を鎮《しず》めるってことだな。大事な人が突然いなくなる。悲しい、悔しい、ああすればよかった、こうしとくんだった。せめてもう半年。いや、半月、一日《いちにち》いっしょにいたかった。取り返しがつかないことをくよくよ思う。それはもう、際限がない。その思いでがんじがらめになっちまう。そのうちに、自分も生きているのが嫌になる。残った人間がそんな風に思っていたら、仏さんだって困るだろう。だから、花火だ。空を見上げて、ああ、きれいな光になって散ったんだなって思う。自分の思いに区切りがつけられるんだ」

幹太は黙って草の葉をちぎって投げている。

「わしは、お前がお葉のことで悔しい思いをしているのを知っている。六つかそこらのお前に、そんなものを背負わせてしまったことを申し訳ないと思う。お前は、その悔しい気持ちを一生持ち続けるつもりだろうが、どうだ？　わしに引き取らせてもらえないか？　お前の代わりに、わしが背負う。それで、いつかお葉に会った時、謝る。それは、そんなに先の話じゃないはずだ」

「だから、菓子屋を継げってことか？」

「お前の一生だ。それはお前が選べ。だけど、これだけは言っておく。生きている人間が出来ることは、今、自分の出来ることを一生懸命やることだけだ」

「うん」

幹太は小さくうなずいた。

「あの見世はわしとばあちゃんで始めた。菓子しかつくれるもんがなかったからだ。だいたい、菓子屋になるんだって自分で決めたわけじゃねぇ。最初、大工のところに奉公に行くつもりだったけど、体が小さいからって断られた。そしたら、船井屋本家で人を探しているって言われたんだ。まぁ、めぐりあわせってやつだな。お前にもお前のめぐりあわせがある。それを大事にしろ。そして、好きなように生きろ」

「おい、煙が出てきたぞ」

五郎の声で筒を見ると、白い煙が細く上がっている。突然、黒い煙に変わったと思った途端、花火が飛び出した。藍色の空にまっすぐに昇っていく。

パン。

光の花が開いた。ほんのひと時、煌《きら》めいて、消えた。

だが、空にはまだ光の粒が残っているような気がした。光は見えなくなったが、なくなったのではない。幹太が花火にこめた思いは消えず、確かにそこにあって輝いている。だから、幹太たちは花火をあげたかったのだ。いつか三人はそれぞれの場所で、この日の花火を思い出すのだろうか。

「幹太さんが言った通り、今まで見たどんな花火より、きれいでした」

小萩が言うと、

「へへ」

幹太が照れたように笑った。

後片付けのある三人を残して、弥兵衛と小萩は戻ることにした。立ち上がると、幹太が振り向いて言った。

「じいちゃん、ありがとう。これからのこと、ちゃんと考えてみるよ」

弥兵衛がうなずいた。

あたりはすっかり暗くなり、草をかき分けて進むと、虫の声がした。遅い夏の夜がようやく訪れようとしていた。

「小萩、お前は、一足先に帰れ。わしはちょっと寄るところがある」

「伊勢銀ですか？」

「うん」

「ごゆっくり」

弥兵衛の足音が遠ざかり、小萩は一人になった。

好きなように生きろ。

それは、簡単そうに見えてとても難しいことだ。

どっちに進んでもいいと言われて、初めて自分の頼りなさに気づく。

江戸に来てもう半年が過ぎた。

小萩という小舟は、まだ波間を漂っている。

秋

おはぎ、甘いか、しょっぱいか

一

裏の垣根の萩《はぎ》が小さな白い花をつけた。

秋のお彼岸が近づいて、ぼた餅が売れている。春は牡丹の花にことよせてぼた餅、秋は萩の花にみたてておはぎと呼ぶ店もあるが、二十一屋はのれんに牡丹の花を染め抜いていることから、春も秋もぼた餅である。小豆粒あんときな粉の二種類で、おこわを半殺し、つまり半づきにしてやや小ぶりに姿よく仕上げている。

毎朝みんなで大福とぼた餅をつくる。小萩の係は、丸めたおこわにきな粉をまぶすこと。伊佐の手が早いので追い立てられるようだ。この頃、朝起きてくるようになった幹太も素早くて、小萩の手から奪い取るように番重に並べる。

「これ、きな粉、薄い。もっと、きな粉かけて」

偉そうに注文をつけるところは、今まで通りだ。

見世を開けるのを待っていたようにお客がやって来て列をつくり、次々とぼた餅を買って行く。

——田舎の家でも、今頃、おはぎをつくっているかなぁ。

小萩はめずらしくふるさとのことを思い出した。おかあちゃんのつくるおはぎは大きくて、たっぷりと甘い。

二十一屋では小豆の皮が破れないように炊いて、最後にざっと豆をつぶすように混ぜて粒あんにするが、小萩の家では、もちろん、そんなていねいなつくり方はしない。鍋に小豆と水を入れて火にかける。小豆の皮なんか、豆がやわらかくなったらどどっと砂糖を加えてそのまま汁が少なくなるまで煮る。小豆の皮なんか、砂糖を加える前に破れてしまっている。

田舎のことで、砂糖は贅沢という気持ちがあるし、お客のほとんどは江戸への行き来に立ち寄る商人だから、ふだんの食事は塩味系である。その分、正月とか、お盆、お彼岸といった特別な日の料理やお菓子はたっぷりと甘くする。

——見世のぼた餅もおいしいけれど、今は、おかあちゃんのおはぎが食べたい気分だなあ。

「こ、は、ぎ」

声がする。

並んでいるお客の後ろから母のお時《とき》が顔を出した。一生懸命歩いて来たのか頬が赤い。

「おかあちゃん、なんで？　どうしてここにいるの？」

「なんでって、あんたの顔を見たかったからだよ。文《ふみ》もよこさないから、どうしているのかとおとうちゃんも、姉ちゃんも、みんな心配しているよ。立派な見世だねぇ。二十一屋はどこですかって聞いたら、すぐ教えてもらえた」

江戸に行く知り合いといっしょに鎌倉を出て、二日がかりでこちらに来たという。

浜の人間だから声が大きい。見世にいるお客がにこにこ笑って、小萩とお時を見比べている。お時は浜の強い日差しのせいで、顔も手も日に焼けている。小太りでもともと丸い顔が、しばらく見ないうちにさらに丸くなっていた。背丈も小萩と同じくらいだし、目元も鼻もほっぺたもよく似ている。親子でございと看板を下げているようなものだ。

ああ、嫌んなっちゃう。

江戸に来て九か月。改めてみる母親は顔つきも、着付けも立ち居振る舞いも野暮《やぼ》ったい。それはつまり、小萩もそうだということで……。日本橋娘を気取ってみても、所詮は付け焼刃ということか。

小萩は赤くなって下を向いた。

お福がお時に声をかけた。

「おや、お時さん。遠い所、よく来てくれた。うれしいねぇ。そんなところに立ってないで、奥にお入りよ」

「まぁ、おなつかしい。お会いしたかったんですよ」

お時は急によそ行き言葉になった。お福に誘われるままにするすると奥に上がっていく。

小萩がお茶を持っていくと、手土産を取り出したところだった。

「田舎の味だから、お気に召しますかどうか」

大きな重箱の蓋を取ると、中に粒あんときな粉、ごまの三色のおはぎが入っていた。何事もこだわりのない、むしろ少々大雑把な母親の性格を反映して、形もいびつだし、大きさも不揃いである。

「菓子屋にお菓子持ってきて、どうするの。恥ずかしいよ」

小萩は思わず蓋をかぶせて隠そうとした。

「何言ってんの。あんたが好きだから、持ってきてやったんだよ」

「ありがたいじゃないか。感謝しなさい。あんこもたっぷりついていて、おいしそうだよ。見世じゃ、こういうぼた餅はつくれないんだ」

お福はさっそく自分とお時の分を小皿にとった。

「ゆっくり話をしたいと思っていたんだよ。こっちには、しばらくいられるんだろう？」

「ええ。小萩の部屋にでも泊めてもらって江戸見物をしようかと」

小萩は目をむいた。勝手にそんなことを決めないでほしい。

「ああ、それはいい。だけど、小萩の部屋は狭いから、別に部屋を用意するよ」

「いやいや、そんな申し訳ない。私も久しぶりに娘と会って、話もありますから」

お時とお福は楽しそうに話しはじめた。

その様子は十年来の知り合いという感じだが、二人が会うのはこれが二度目である。親戚といっても、お時の祖母の妹の夫がお福の義理の父という遠い間柄で、二年前の法事で二人は初めて会った。たちまち気が合って、いろいろ話をしているうちにますます仲良くなり、その縁で小萩もこうして二十一屋で働いている。お福は弥兵衛より六つ上、お時も亭主の幸吉《こうきち》の四つ上と、二人とも姉さん女房だから、そんなところも気が合った理由かもしれない。

「小萩、これ、徹次さんやみんなにも食べさせてあげて。あんたも、ね」

お福は弥兵衛の分を取り分けると、小萩にお重を手渡した。仕事場に持っていき、徹次や留助、伊佐、幹太に配る。

「わ、でっけぇ」

幹太が大きな声を出した。

お時のおはぎは手にあふれるほどの大きさでずっしりと重く、これでもかというほど甘い。きな粉はあっさりかと思いきや、中にあんがしのばせてあるし、ごまは砂糖醤油だ。

「これが小萩の家の味かぁ」

伊佐がしみじみとながめる。

「菓子屋にお菓子持ってくるなんて、気が利かないですよね。田舎臭い味でしょう」

「そんなこと言うな。おっかさんが娘に食べさせたいと、一生懸命つくって持ってきてくれたんだ」

徹次が言った。

「私の顔を見に来たなんて言って、ほんとは絶対違うんですよ。江戸見物がしたいだけなんです。いつも勝手なんだから。こっちは大迷惑。嫌んなっちゃう」

「お前が文を出さないからだろう。心配して来てくれたのに文句を言ったらだめだ」

伊佐が言えば、

「仲がいい母娘だから、好き勝手言えるんだよね」

と留助がとりなす。

「いいさ、いいさ。久しぶりに親孝行でもすればいい」

徹次が鷹揚な様子でまとめた。

夜、三畳の部屋に布団を敷くと、隅が重なるほどいっぱいになった。

「なんかさぁ、あんたとこうやって一緒に寝るのって、久しぶりだね」

お時はうれしそうに言った。

小萩の家は鎌倉の少し先で小さな旅籠を営んでいる。今は季節がいいからお客も多いはずだ。

「家の方はいいの？　今、忙しい時じゃないの？」

「うーん、でも、なんとかなるよ。おじいちゃんもおばあちゃんもいるし」

歯切れの悪い返事にピンときた。

「もしかして、おとうちゃんと喧嘩した？」

「あはは」

「またぁ」

「悪いのはおとうちゃんなんだからね。今度という今度は許さない。謝ってきても追い返す」

父の幸吉と母のお時は仲がいい。子供たちの前でも平気でべたべたする。そのくせと言うべきか、だからこそなのか、派手な喧嘩もする。お時が家出をしたことも何度か、そのたび幸吉が謝ってことが収まる。

「そういうの、二人だけでやってくれない。こっちにまでお鉢を回されると迷惑」

「親に向かってなんだよ。一人で大きくなったような顔してさ」

急に親の顔になって文句を言った。


翌朝、小萩が起きるより早く、お時は起き出して表を掃いていた。小萩たちが仕事場で大福を包み始める頃には、住まいの方の廊下の雑巾がけをして、通いの女中のお貞といっしょにご飯を炊いていて、みんながお膳に並んだ時は自分もちゃっかり末席に座った。ただし、給仕は小萩の役と決めているみたいである。

いつものように、あわただしくご飯をかきこみながら、徹次と留助、伊佐は仕事の段取りの確認をはじめた。

「今日入っている注文は？」「婚礼の紅白饅頭が三十で、お赤飯もあります。そのほかに茶会が二つ」「羊羹は二十棹《にじゅうさお》。これはもう、用意してあります」

その脇で、弥兵衛が「今年は菊が遅いなぁ」などとのんびりと汁をすすり、幹太がこれまたいつものように三杯飯をくらっていた。

小萩の耳元でお時がささやく。

「あんた、ご飯をみんな同じようによそっているだろ。仕事している人たちは早く食べ終わって、早く仕事にかかりたいんだから、お代わりを何度もしなくてすむようにぎゅっと固めに入れるんだよ。それで旦那さんはふわっと、きれいにね」

「はい、はい」

「はいはひとつ。ほら、親方はご飯がすんだようだから、白湯《さゆ》ね。毎朝のことなんだから、言われなくても動く。昔からお尻が重たいんだから」

「分かっています」

「あの人の茶碗が空いているよ。お代わりはいいんですかって聞かなくちゃ」

「ううん、もう」

「口より先に手を動かす。合間を見て自分も食べる。みんなが食べ終わった後で一人、もそもそ食べているわけにいかないだろう」

イライラしてきたお時の声はだんだん大きくなっていく。徹次たちの声も高くなり、なんだか、いつもより騒がしく、あわただしい朝ご飯になった。

「ああ、お時さん、安心してください。小萩さんはよく働いていますから」

弥兵衛が優しい声で言った。

「そうですかぁ。すみませんねぇ。家でしっかり仕込んでなかったもので、お恥ずかしい。お菓子づくりを覚えたいなんて急に言い出してね」

「急にじゃないから。前から考えていたんだから」

小萩があわてて口をはさむ。

「あれぇ、あんたはお菓子がつくりたかったのか。てっきり食べる方かと思っていた」

弥兵衛がにこにこ笑って言った。

「そうですよね。あたしもそうだとばっかり。そしたら、違うんだ。自分の手でつくりたいって」

「ほお」

「はさみで切ってきれいに菊をつくるお菓子があるでしょう。あれを覚えたいなんて言い出したんですよ」

「はさみ菊か。ああ、あれねぇ。うーん、そりゃあ、少し時間がかかるなぁ」

弥兵衛に言われて小萩は頬を染めた。ようやくあん玉がつくれるようになって、大福を包む練習をしている。いつになったら、はさみ菊に到達できるやら。ちらっと伊佐を見たら、目が合った。苦笑している。

「もう、余計なこと言わないで」

小萩は本当に怒った。

朝ご飯が終わって、小萩が裏で洗い物をしているとお時がやって来た。

「ね、あの伊佐さんって職人さん、独り者?」

「そうらしいよ」

「お酒とか、博打とかは？」

「何、気にしてんの」

「おかあちゃんは、ああいう人好きだわ。決まった人はいるの？」

「味噌問屋のお絹ちゃんと仲がいい」

「やっぱりねぇ。いいなと思う男《ひと》は周りがほっておかないのよね。あんたもさ、これはって人がいたら、ガブって寄って行かないと」

どすこい、どすこいと言って相撲取りの真似をした。

「何よ。浮ついた気持ちで江戸に行くなって言ったくせに」

「へぇ。ちゃんとおじいちゃんの説教、覚えているんだ。まぁ、そんなのは程度問題でさ。年ごろの娘があの人がいい、この人が素敵って言わなかったら、そっちの方が心配だよ。だいたいあんたには色気ってもんがないんだから。あ、そうだ。お姉ちゃんは来年祝言《しゅうげん》だからね」

「決まったの？」

姉のお鶴には言い交した人がいる。家も近所で幼なじみでもあるから、親同士もいずれはと願っていた。

った。

「あんたも、ふらふらしてる場合じゃないよ」

お尻をぶつ真似をした。小萩がにらむと、「お江戸見物に行ってくる」と出かけてしまった。

入れ替わりのようにお絹がやって来た。

「ねぇ、伊佐さんのことなんだけど」

着物の端切れを肌身離さず身に着けるようになってひと月。二人の距離は縮まったとも言えるし、変わらないとも言える。二人で仲良さそうに話をしているが、将来について語るという風ではない。そのことにお絹はじれている。

「この頃、昼過ぎに出かけるでしょう。どこに行くのか、知っている？」

「えっ、そう？　気がつかなかった」

「誰かに会っているんじゃないかと思うんだけど。聞いても、教えてくれないのよ」

「何か、用事があるんじゃないの？」

「用事って、どんな？」

改めて聞かれると思いつかない。伊佐は酒を飲まないし、将棋も釣りもしない。もちろん悪所通いにも興味がないらしい。何か読んでいると思ってみると、見世の菓子帖か、茶道、古今和歌集など、いつもお菓子に関係のあることだ。

「きっと古本屋でものぞいているのよ。勉強熱心だから」

「違うと思う」

お絹はきっぱりと言って眉根を寄せた。

「ねぇ、今度、伊佐さんが出かけたら、後をついていってくれない？　それで誰に会っているか、確かめてくれないかしら」

「そんなこと、出来ないわよ。そういうの、伊佐さんは嫌がる。調べられていると分かったら怒るわ、きっと」

「ほかに頼める人がいないのよ。絶対、誰かに会っているの。それでもって、面倒なことに巻き込まれている。これは女の勘」

ね、お願いと手を合わされ、小萩はつい約束させられてしまった。


表で「ごめんください」と訪《おとな》う声がして出ていくと、上背のある大きな体に上等の黒の羽織を着た男が立っていた。船井屋本店の三代目主人、新左衛門《しんざえもん》である。船井屋本店は弥兵衛が修業した店で、先代主人の庄左衛門と弥兵衛は力を合わせ、夜更けまで茶席菓子を工夫した仲である。折あしく、弥兵衛は釣りに出かけていたので、徹次が奥の間で対した。

「伊佐という人は、お宅の職人ですよね」

挨拶もそこそこに新左衛門は切り出した。

「今、出かけておりやすが、伊佐が何か」

「見世を移りたいと言っているそうですが」

「何かの間違いではねぇですかい？　そんな話は何も聞いておりやせん」

「いや、本人が京菓子を学びたいと直接訪ねて来たそうです。おとついの寄り合いで、東野若紫の近衛門さんから私に間に立ってくれと頼まれました」

徹次ののどの奥で、ぐうという音がした。

「こういう話は、まず見世の主同士で話し合うのが普通ですからね。しかも、お宅から東野若紫というのは、筋が違う。一度、直接話を聞いておかねばと思いましてね」

小萩は二人の前にそっとお茶をおいた。

「支度金も用意したと聞きましたが。その職人には、何か、金が必要なことでもあったんですか？」

「いや。まじめで遊びには縁のねぇ男です。むしろ固すぎるっていうか。信義に篤《あつ》いっていうか。……いやね、春ごろから京菓子に興味を持っていたらしいのは、なんていうか、うすうすこっちも勘づいてはいたけどね。だから、本人からそういう話があれば、どっか適当な見世を捜すつもりもないわけじゃねえ……。しかし、だからって、なんだって俺に一言の相談もなく。いや、だって、それにしたって……。どうして東野若紫なんだ」

徹次は新左衛門に薦めることも忘れて、ぐいっと一息で茶を飲み干した。その腕が震えている。

小萩はあわてて部屋を出た。けれど、閉めた襖の前から立ち去ることが出来なかった。事の成り行きを確かめたくて、我知らず、体はどんどん前に傾いて耳は襖にくっついてしまった。

「小萩、あんた、そこで何をしているの」

お福の鋭い声がした。

「すみません。でも、だって、おかみさん。伊佐さんが東野若紫に移るって言うんですよ」

小萩は泣きそうな声を出した。

とにかく伊佐の気持ちを確かめなければと、伊佐の帰りを待った。注文の菓子を届けて戻ってきた伊佐に、徹次は詰め寄った。

「おい、伊佐。東野若紫に移りてぇってのは、本当か？」

伊佐は一瞬ぽかんとし、それからしまったという顔をした。

「そうか。そういうことか。けど、なんで、俺に先に相談しねぇんだ」

息巻いた徹次をお福がなだめ、釣りに行っている弥兵衛を幹太が呼びに行き、弥兵衛、徹次、お福、伊佐の四人で話し合いになった。

見世を閉め、奥の部屋に四人が入り、ぴたりと障子が閉じられた。なにか、ただならぬ様子が廊下を伝って仕事場まで漂ってくる。

いたたまれなくなった留助はまだ日が高いというのに酒を飲みに行ってしまったし、幹太も消えた。小萩はどうしていいのか分からなくて、仕方なく井戸のところで鍋を洗った。すすがこびりついた鍋をたわしでごしごしと磨いていた。

鍋も釜もついでに包丁もみんな磨いても、まだ誰も出てこない。

「まだ、話、続いてんのか？」

いつ戻ってきたのか留助がやって来てたずねた。みやげだと言って炒《い》り豆をくれた。

「しかし、もったいねぇよなぁ。伊佐のやつ、どうする気だよ。どんなおいしいこと言われたか知んねぇけどさ、ちょろっと来た奴に見世のひみつを教えてくれるわけねぇじゃねぇか。とくにあの紅色は東野若紫の秘中の秘だ」

「やっぱり、あの紅色にひかれていたの？」

「まぁ、それだけじゃないだろうけどさ」

「ほかにも事情があるのかなぁ」

「事情なんか、誰にだってあらあね」

留助はそばの石に腰をかけると、ぽりぽりと炒り豆をかじった。

「俺は以前、よその見世にいたことがあるから、ここが特別だってこと分かっているんだ。ここは塩梅《あんばい》だって、割だって、聞けばなんでも教えてくれるだろう。よそは違うんだよ。主人は技を盗まれるのを恐れるし、職人は下の奴に抜かれるのを心配する。大事なことは自分の手の内に握って人に見せないんだ」

「じゃあ、伊佐さんはどうなるの？」

「向こうはうちのやり方を知りたいだけだ。聞くだけ聞いたら、あとは飼い殺しって奴だな。まぁ、適当に饅頭でも包ませとけってわけだ」

そのことを伊佐は知らなかったのだろうか。知っていても、行かなければならない事情があったのか。

小萩はどうしていいのか分からず、不安な気持ちで磨き終えた鍋を重ねた。

家の中から「見世に不満があるのか？　俺たちに言いたいことがあるのか？　急に金が

必要なことがあるのか？ なんか事情があるんだろう。遠慮しないで言ってくれ」という徹次の大きな声が聞こえた。

「あれぇ、なんでぇ？ 今日は早くに見世を閉めちゃったんだねぇ」

のんきにたずねたのはお時だった。買い物の包みを手にいっぱい持っている。

小萩は事情を説明した。

伊佐は七歳で母親に去られ、この見世にやって来た。幹太に伊佐兄と呼ばれ、兄弟のように育った。

「だからこの見世には恩があるの。おかみさんたちにとっても、わが子みたいなもんだから、はい、そうですかって出すわけにはいかないのよ」

「恩のある人たちにだからこそ、余計に言えないこともあるんじゃないの？ ああ、なんか、たくさん歩いたからお腹空いた。夕ご飯、まだ？」

「おかあちゃん」

お時は「お勝手借りますよぉ」と大きな声を出して、お勝手に入ると鍋の蓋を開けた。通いの女中のお貞が用意してくれた芋の煮転がしが入っている。

「こういう日は温かいものがいいね。やっぱり、うどんかな？ 江戸っ子はそばか」

甕の中にそば粉を見つけて、打ちはじめた。お時のそばは、そば粉が八割の田舎風のものだ。汁にはごぼうやにんじん、なすとありあわせの野菜が入って、汁はかつおだし。そばもお時の性格そのままに、太かったり短かったり。

小萩がそばをのばす大きな板や長い棒を探している間に、お時は湯を沸かした。「そばですかい、いいねぇ」などと言って、菓子に使う酒を飲みだした留助をほっておいて二人で仕事をした。

「はい。かつお節を削る。それから、野菜も用意する」

お時は手を休めず、小萩に言いつける。

「だけど、江戸ってところは銭がないと、つまらないところだねぇ。しみじみ思った。きれいなものや、面白いものはいっぱいある。だけど、おあしがないと始まらない。貧乏人には目の毒、気の毒だ。博打だなんだって、身を持ち崩す奴がいてもしょうがないね」

「伊佐さんは、そういう人じゃないから」

「別に、伊佐さんの話をしているわけじゃないよ。だいたい、あんたがムキになることないだろう」

「そうだけど……」

「それだけ、ここで生きていくっていうのは難しいってことだよ。ことに女はねぇ」

「何の話？」

「壁に耳あり、障子に目あり。男の陰に女あり、なーんてね」

「はぁ?」

「あんたもさ、菓子をつくるならつくるで性根をすえて頑張らないとはじき飛ばされちゃうよ」

「分かってるって」

「ほんとかねぇ」

お時は戸塚《とつか》の生まれで、十歳の時に二親《ふたおや》を亡くしていた。大船《おおふな》の漬物屋に奉公に出て、小萩の年にはまた戸塚に戻って居酒屋で働いていた。そこで亭主になる幸吉と出会った。幸吉はその頃、糸や布を買い付ける仕事をしていて旅が多かったのだ。お時は幸吉より四つも年上で、居酒屋で働いている。嫁としては認められないと幸吉の親が渋ると、ならば親と縁を切る、家を出ると幸吉が言い出して大騒ぎになり、すったもんだの挙句一緒になった。

お時はしゃべりながら、そばを打ち、棒を使って平らにのばした。鍋の湯が沸いてくるとかつお節をつかんで入れた。かつお節が鍋の中でくるりと身を縮めたり、伸ばしたりするうちに、透明だった湯が金色に染まり、温かい香りがお勝手に広がった。

「そんな思いをして一緒になったことなんか、すっかり忘れてさ。戸塚の芸者にいれあげていたんだよ。金を搾り取られて、まだ懲りない。頭を冷やせって言ったんだ」

父の幸吉は悪い人ではないが、少々脇が甘い。宿の主人の御多分にもれず暇と多少の自由になる金がある。

「腹が立つったらないよ。頭を下げてくるまで許してやらないんだ」

「だからって娘の奉公先にやってくるなんて、迷惑だよ」

「なにが奉公だよ。こんなのお客様みたいなもんだ」

布巾を敷いたざるでこして、醤油とみりんで味をつけ、小皿にとって味見して、うなずいている。

「野菜はさ、小さく切って汁で煮て、あんかけにしようか」

小萩が野菜を加え、片栗粉でとろみをつけている間に、お時はそばを切り終えて、湯がき始めた。

「思い出すねぇ。おとうちゃんは、どうでもあたしと一緒になると言ってくれたけど、おじいちゃんが反対した。二人とも頑固者だからね、意地の張り合いみたいになって、もう譲れない。あたしも若かったから、そんなに嫌われているなら、身を引いた方がいいんじゃないかとかね、だけど、おとうちゃんよりほかに添いたい人はないわけだし、いっそ尼寺に入って尼になろうかとかね、いろいろ考えていたんだよ」

――なんだ、結局、おとうちゃんのこと、好きなんじゃない。

「馬鹿だねぇ。だから怒るんだろう。どうでもいいなら、怒らないよ」

お時は小萩の心の声が聞こえたように目をむいた。

「それで、みんな疲れ切っていたときに、おばあちゃんがこんな風にそばを用意してくれた。温かい物でも食べ、一服しようかって言って。食べ終わった時、おじいちゃんが、幸吉がそこまで言うなら、嫁として認めてもいいって言ったんだよ」

そんな話をしているうちに、あんかけそばが出来上がった。少々不揃いな田舎そばにあられに切った大根やにんじんや青菜がのって、とろりとあんがかかっている。かつおだしのいい香り。刻んだねぎを薬味につけた。

「分かっただろ。皆さんお腹空きませんか？　温かいものでも食べて一服してくださいって、かわいい顔して言うんだよ」

小萩は言われた通りに声をかけ、そおっと襖を開けた。

部屋の真ん中で伊佐は背中を固くしてうつむいて、徹次がその正面に渋い顔をして座っている。その脇に疲れた顔の弥兵衛、お福は目が赤い。

「お、そばか。ありがてぇなぁ。考えてみたら、昼に握り飯を食ってから何も腹にいれてない」

弥兵衛がおどけた声を出した。ふっとその場の空気がなごんだ気がした。

結局、伊佐の気持ちは変わらず、東野若紫に移ることになった。残り五日、二十一屋で働くことにした。

二

小萩は、伊佐が急ぎ足で歩いているのを見かけた。手ぶらだから、届け物ではないらしい。厳しい顔をしている。

牡丹堂を去ると決まって二日が経つ。伊佐は今までと同じように働いた。みんなも同じように接した。しかし、京菓子および東野若紫という言葉は禁句になり、その話題は避けて通る。

小萩は伊佐と話がしたかった。

もうさんざん弥兵衛や徹次と話をしたのだから、今さら見世に残ってほしいなどとは言うつもりもないが、このまま縁が切れてしまうのは嫌だった。

「伊佐さん」

はっとしたように振り返って笑顔になった。

「なんだ、小萩か。どうした」

向かい合ってみると、何を伝えたいのか分からなくなった。

「あの、いいお天気ですね」

「そうだな。晴れていると気持ちがすっきりするな」

「お絹ちゃんが」

「なんだって？」

「いえ、今までありがとうございました」

「急に改まるなよ。照れるから。まだ何日かあるし」

「だけど……」

「お使いか？　遅くなると親方が心配するぞ」

「そうですけど」

「小萩も、しっかり頑張れよ」

踵を返すとさっさと行ってしまった。

どうしていつもこうなのだろう。ありがとうだけではなくて、もっといろいろ言いたいことがあったはずなのに。

伊佐がいなくなる。

胸の奥を鋭い爪でひっかいたような、ひりひりする痛みがあった。それは淋しいというのよりもっと強い、今まで知らなかった感情だった。

仕事熱心だが、口数が少なく、どこか近寄りがたい感じのする伊佐を、小萩は憧れる反面、少し怖く感じていた。それが少しずつ変わってきたのは、お絹のお陰だ。お絹が稲荷ずしだ、お祭りだと口実をつくってやって来て、にぎやかにしゃべっていく。それで小萩も伊佐とふつうに話すようになった。

この頃小萩は気づくと、伊佐を目で追っていることがある。どんな表情をしているか、誰と話をしているのか気にしている。

二十一屋から伊佐がいなくなったら心に穴が空いたような気がするだろう。

小萩は伊佐が向かった方角をながめた。

伊佐の後を追いかけた。小萩の足はどんどん速くなり、駆け出した。見慣れない町並みが続く、お稲荷さんを過ぎたところで途方にくれた。その先は四辻で、伊佐がどちらに進んだのか分からない。

自分は一体、何をしているのだ。

小萩は自分に問うた。

伊佐が誰かと会っているというお絹の言葉が思い出された。

突然見世を移ると言い出した伊佐のひみつが、この先にあるような気がした。

通りをまっすぐ進んで、見つけられなくてまた戻って、堀割の所に来た。

この辺りは細い路地がいくつも枝のように分かれていて、女たちをおく見世がいくつも並んでいる。一階で酒を飲ませ、気に入った女がいたら二階にあがる。小萩のような娘は足を踏み入れてはいけない所だ。だが日が高いので人通りはなく、路地は半分眠っているようだ。遠くで三味線をつまびく音がした。

小萩は岸の柳の傍《かたわ》らに立った。

柳は夏の日差しにさらされて葉を落とし、残っている葉も緑の色が褪《あ》せ、枝に力なくぶら下がっている。

少し先の柳の下に三味線を持った女がたたずんでいるのが見えた。玄人筋の女だろう。太い縞の派手な着物を着ているが、腰や背中に肉がついて、もう若くないことが見て取れた。どこか投げやりでくずれた感じがした。

待ち人が来たのだろう。女が手招きしている。立ち去ろうとしたとき、男の姿が見えた。伊佐だった。

小萩はとっさに柳の陰に隠れた。

女が伊佐の手をつかむ。体を預けるようにした。伊佐が小さな包みを手渡す。寿司か、菓子か。

小萩は顔がほてってくるのが分かった。

伊佐が女と会っていた。

素人ではない。年もずいぶん違う。

いつからか。どういう間柄か。なぜ、あの女なのだ。店を移るのはあの女のためなのか。

いろいろな疑問が一気に噴きあがってきた。

女が視線に気づいてこちらを向いた。伊佐をつつくと、伊佐も振り向く。一瞬驚いた顔になり、眉根が寄った。いつもの人を寄せ付けない、固い表情になった。

「ごめんなさい」

小萩は叫んだ。顔を伏せ、もと来た道を駆け出した。


見世に戻ると、お福がいた。お客の相手をした手を止めて小萩の顔を見た。

「どうした？　顔が真っ赤だよ」

小萩は涙が出てきた。悔しいのか、恥ずかしいのか、悲しいのか、自分でも分からない。

お福はお客の相手を留助に代わってもらうと、小萩を裏の井戸端に連れて行った。

「伊佐のことだね。何があった？　言ってごらん」

いい加減なことを言ってはいけない。しゃくりあげながら、首を横にふった。お福は落ち着いた、やさしい声を出した。

「泣いていちゃ、分からないよ」

そう言いながら、小萩の腕を痛いほど強くつかんだ。

「人に知られちゃならないことなら、あたしの胸に収めておく。だけど、伊佐に助けが必要ならば、あたしは手を貸す。あたしはこの見世のおかみだし、伊佐の親代わりなんだよ」

小萩はようやく少し落ち着いた。涙をふいて見てきたことを話した。お福は小さくうなずいた。

「分かったよ。その場所に連れていっておくれ」

小萩はお福といっしょに出かけた。堀割に着くと、お福はあたりを見回した。大八車一台通るのがやっとというような細い路地に沿って、見世が並んでいる。見世と見世はお互い寄りかかるように立っている。二階の軒に洗濯物が干してあったが、日が当たっている様子はない。時折、肌寒い川風が吹き抜けていった。

お福はどういう場所かすぐ分かったらしい。

「なるほどねぇ。あいつも、水臭い男だよ」

そのまま二人でずっと立っていた。

日が陰りはじめると、少しずつ人通りが増えてきた。見世の表にのれんがかかり、化粧をした女たちがやって来た。眠ったように静かだった路地が目を覚まし、ざわめきはじめた。

どれほど時が経っただろうか。ひょいと路地の奥から伊佐が姿を現した。

お福と小萩の姿を見つけて、ぎょっとしたように立ちすくんだ。

「伊佐。おっかさんに会ったのかい？　達者だったんだね」

お福の言葉に伊佐は観念したように頭を下げた。

お福は伊佐と小萩を連れて知り合いのそば屋に行った。二階の座敷に行くと、そばと熱燗を四本頼んだ。

「いいよ。今日は飲もう。あたしも飲むからさ」

伊佐に勧め、自分は手酌で飲んだ。お福が酒を飲むのを、小萩は初めて見た。

「それで、おっかさんには、いつ、どこで会ったのさ」

「半月ほど前ですよ。一石橋《いっこくばし》のところで偶然会って、向こうから声をかけてきた。久しぶりだね、伊佐。会いたかったよって。十年ぶりなのに、昨日別れたような言い方だった」

ぽつりぽつりと話し出した。

「おっかさんだって、すぐ分かったのかい？」

「そりゃあ、親子ですから。……でも、やっぱり、驚いた。どんな暮らしをしているのか、大方の見当はついたし」

伊佐を置いていくつもりはなかった。いい話があるというので男についていったら、女郎に売られそうになった。その場はなんとか逃げたけれど、家に戻れば見つかってしまう。半月ほどして、家に戻ってみたらお前はもういなかった。風の便りで、日本橋の菓子屋にいることを聞いた。別れ別れになっていたけれど、お前のことは一日だって忘れたことはない。時々、見世に様子を見に行っていた……。

「髪結いの手伝い、料理屋の女中、いろいろなことをして、今は芸者をしているそうで。だけど、芸者と言っても、どうせ芸なんかねぇんです。俺が知っているお袋は三味線も踊りも知らなかった。そんなら、することは一つしかねぇ。ああ、しまったなぁ、嫌だなぁ、困ったなぁと思ったけど、逃げられない。やっぱり親子だから」

「金を無心されたのかい？」

伊佐はうなずく。

「それで見世を移ろうと思ったのかい？　だけど、なんで、よりにもよって東野若紫なんだよ」

「職人を探してる見世があるから、会うだけ会ってみろと言われていったら、東野若紫だった。お袋はもう話はついてるって様子でいるし、帰るに帰れなくなった。後でよくよく聞いてみたら、すでに手付金をもらっていた」

「しかも、その金はとっくに使っちまっている。そういうことだろう」

伊佐は小さくうなずいた。

「だけど、おかみさん。俺が京菓子を習いたいって気持ちは本当だ。あの紅色はきれいだった。あんな色を出してみてぇ。本気でそう思った」

お福は大きなため息をついた。

「水臭いねぇ。なんで、その話、もっと早くしてくれなかったんだよ」

伊佐は黙ってうつむいている。お福も、黙ってしばらくその様子を眺めていた。

「それで、おっかさんはどうするつもりだい」

「俺が引き取って、一緒に暮らす。いつまでも芸者しているわけにもいかねぇから」

「引き取るっていっても、先立つものがいるだろう」

「間に入った人が話をつけてくれて、東野若紫から支度金が出たんで」

杯を口に運ぶと、お福はたずねた。

「その金、どうなった？　あんた、その金、見たのかい？　見てないんだろう」

「あちこち借りてた金があって、それを払わなくちゃいけないからって」

「しっかりおしよ。伊佐。その金はあんたのもんだろう。見世を移る支度金を使われちゃったら、これから先どうするつもりだよ。おっかさんと一緒に住むんだろう。その店賃だっているし、米だって味噌だって買わなくちゃなんないんだよ」

「だから……」

「東野若紫とは、ちゃんと話がついているのかい？　支度金だっていうけど、ほんとは給金の前借りじゃないのかい？」

伊佐は答えない。

「ああ、じれったいねぇ。親孝行はいいよ。だけど、こういっちゃなんだけど、あんたのおっかさんは底の抜けた袋みたいなもんだろう。金なんか、いくらあっても足りないんだ。もっとくれ、もっとくれと言うに決まっている。だけど、あんたに何が出来る。職人の給金なんてたかが知れてるじゃないか。おっかさんが出ていくか、共倒れになるか、どっちかしかないだろう」

「分かってる。分かってますったら。だけど、あの人は、俺のたった一人の肉親だ。血を分けた実のおっかさんなんだ。たしかに、あの人は俺を見捨てた。ふいっと家を出たまま、戻ってこなかった。近所の人たちに言われた。ひどい親だ。人のやることじゃねぇ、あの人は鬼だ。俺は悔しかったし、悲しかった。おいて行かれたことよりも、母親が鬼だなんだって言われることが嫌だった」

伊佐は肩をふるわせた。大粒の涙がぽたぽたとあふれて、固く握ったこぶしに落ちた。

「でも、今度、俺があの人を見捨てたら、今度は俺が人でなしだ。鬼になる。俺はそんなの嫌だ。いつか、きっと後悔する」

初めて見る伊佐の姿だった。伊佐は強い男だと思っていた。花菖蒲のようにまっすぐ空に向かって立っていると信じていた。だが、どんなに強い茎も、嵐にあえばぽきりと折れる。今の伊佐は、固いつぼみをつけたまま、折れてしまった花菖蒲のようだ。

伊佐は東野若紫に移った自分を何が待っているのか、知っているに違いない。

それでも母親が移れと言うから、伊佐は従う。

ひどい母親だと思った。だが、それを口にすることは出来なかった。母親を非難することは伊佐を責めることになる。

小萩はただ黙って畳を見つめていた。

「ふうん。面白くない話だねぇ」

いつにない伝法《でんぽう》な言い方でお福がつぶやいた。気がつくと、畳の上に空になったお銚子が転がっている。お福は一人でほとんどの酒を飲んでしまっていたらしい。

「おっかさん、おっかさんって、あんたは自分の母親のことばっかり大事にしているけど、それじゃあ、あたしやお葉はどうなるんだよ」

お福の目がすわっている。

「あたしたちは血のつながりこそないけど、ずっとあんたのことを本当の子供だと思って育ててきたんだよ。幹太だって兄さんと思っている。でも、あんたはそうじゃなかったんだ。赤の他人で、自分とは関係ないと思っていたんだ」

伊佐ははっとしたように顔をあげた。

「おかみさん、そんなつもりじゃねぇんで」

「いいよ。あんたの本心は分かった。よその子はどこまでいっても、よその子だ。一生懸命、育ててやっても、つまんないもんだ。がっかりだよ」

「違いますって。ありがたかった。うれしかった。この御恩は忘れません」

「それが水臭いって言うんだよ。この馬鹿助。いいよ。伊佐がそう思うんだったら、勝手におし。でもね、あたしは負けないよ。当たり前じゃないか。どっちがあんたのことを思っているか。育ての親と産みの親、どっちが強いか勝負してやる」

それは勝ち負けがあることなのか？　だが、お福はらんらんと光る眼で伊佐をにらみつけている。

「あたしは負けないからね。絶対。最後まで、徹底的にやるんだ」

「帰るよ」と立ち上がったお福の足元がふらついている。小萩の手に財布を渡し、「これでお勘定」と言った。


事情は伊佐から直接、弥兵衛や徹次に伝えるというので、小萩は黙っていることにした。

だが、夜になると、こらえきれずお時にもらしてしまった。

「てっきり伊佐さんのいい人かと思ったら、おっかさんだったの。それが大変な人でね」

お福が酔っ払った話をすると、お時はケラケラ笑った。声が大きいと注意すると、布団を口にあててまだ笑っている。

「ああ、やっぱり、いいよね。お福さん。だから大好きだよ。なんだかんだ、もう一騒ぎあるね。ああ、まだまだ、田舎には帰れないねぇ」

「なんで、そんな風に笑えるの？」

「笑うしかないだろう。それとも、ああ、かわいそうって同情して、シクシク泣く方がいいかい。所詮は他人《ひと》ごとなんだ。決めるのは当人だよ」

「冷たい」

「ああ。冷たいよ。世間ってのは、そういうもんだ。自分を捨てた親のために見世を替わる。金の工面もする。立派だよ。いい息子だ。世間は褒めるだろうよ。神棚にあげて拝みたいくらいだ。だけどさ、それも一時《いっとき》のことさ。そのうちまた、二人は金に困る。今度はどうする？　次々、見世を替わるのかい？　知り合いを頼って金を借りるのかい？　あんた、伊佐に金を貸してやれるかい？」

「お金なんかないわよ」

「あったとしても、返ってこないと分かっている金を貸す奴はない」

「なら、どうしたらいいのよ」

「母親と縁を切るんだね」

お時はすぱりと言い切った。

「同じ女として言わせてもらえば、母親を武器にしちゃいけないよ。男は騙してもいい。騙される方が悪い。けど、息子を騙しちゃだめだ。どんなに自分が苦しくても、それだけはやっちゃあいけない」

お時はきっぱりとした言い方をした。

「伊佐はおっかさんに捨てられて、死ぬところだったんだろう。どんな事情があろうと、子供を置き去りにした時点で母親であることをやめたんだ。役を下りたんだよ。それを今さら、自分の都合で母親に戻ろうなんて虫がいい。もし、本気で復縁したいなら、最初にお福さんにお伺いを立てるのが筋ってもんだ」

小萩は薄い布団にくるまって、闇を見つめた。

いつもそうだ。お時は情に流されない。冷たいほどに現実をよく見て、すぱりと割り切る。一度決めたら後ろを振り向かないし、人にどう言われようとかまわないと腹をくくる。そういうところは、お福にもある。二人を引き付けたのは、そんなところか。

そうだ。もう一つあった。

お福もお時も芝居が上手だ。子供のように無邪気な顔をして、意地悪をすることがある。

「ねぇ、おかあちゃん」

「なんだよ」

「もしかして、おかみさんはわざと酔っ払ってみせたの？」

「どうだろうねぇ。あの人は天真爛漫なくせに、古狐みたいにしたたかだからねぇ。あんたも、もう少し大人になったら分かるよ。さ、明日も早いからもう寝な」

寝返りを打ったと思ったら、もうお時は寝息をたてていた。

翌日、小萩が井戸端に行くと、お絹が飛び出してきた。

「ねぇ、伊佐さんが見世を移るって本当の話？」

「どこから聞いたの？」

「お客さんから。牡丹堂の若い職人が東野若紫に引き抜かれたって話をしていた。それは伊佐さんのことでしょう」

「うん」

「もう、決まった話なの？　どうして、教えてくれなかったの」

「伊佐さんから、聞かなかったの？」

「何も」

お絹は淋しそうにうつむいた。

「明後日にはここを出る」

「そんなに早く……」

「お絹ちゃんが心配していた、あの話ね。女の人がいるわけじゃなかった。でも、その先は伊佐さんに聞いて。そのことも、ちゃんと聞いた方がいいと思う」

「分かった」

お絹は決心したように小さくうなずいた。

昼の少し前、川上屋のおかみの冨江がやって来た。

「こんにちは。お福さん、いらっしゃる？」

お福の顔を見ると、ほっとしたような声を出した。

「よかったわぁ。元気そうで。お宅は長くいた職人さんが次々辞めていって大変だって聞いたから、あわてて来たの」

「どこで、そんな話が流れているんだい」

お福の声が高くなる。

「どこって、あちこちよ。茶会の菓子がひどい出来で亭主の人が大恥をかいたとか、内輪もめで職人が逃げ出したとか……」

「馬鹿な。そりゃあ、お菓子は好き好きがあるからお気に召さない方もあるかもしれないけど、茶会で失敗なんてことはまったくない。職人が一人、よそに移るけれど、それだって決まった話で、内輪もめなんて見当違いもいいところだよ」

「そうよねぇ。それならいいけど。心配しちゃったわ」

冨江が出ていくと、徹次が仕事場からのっそりと顔を出した。

「そういう根も葉もない噂を一体、だれが流しているんだ」

噂の出どころは見当がついたが、お福も徹次もその名を言わなかった。

小萩が見世の表に出ると、道の向こうに上背のある大きな人影が見えた。供を連れて、体を偉そうにそらして大股で歩いてくる。のっぺりとした馬面の三白眼。東野若紫の当主、近衛門である。

「いやぁ、ぼた餅が売れてるて評判やけど、今日はなんや、お人が少ない」

小萩に話しかける声を聞きつけて徹次が顔を出した。

「ぼた餅買うならもっと早く来なくっちゃなぁ。今日の分は売り切って、後は注文の品ばかりだよ」

「ああ、さよか。なるほどなぁ。京では、特別なお客さんに出す上菓子屋、ちょっとええお客さんかお茶のお稽古なんかに使うお菓子屋、それからふだんのおやつのおまん屋と棲み分けが出来てますねん。うちは上菓子屋やから、おまん屋はんのことは、ようわからしまへんしなぁ」

いつものことだが、言うことがいちいち憎らしい。

「お宅であんじょう育てはった腕のええ職人はんが、うちとこに来はるていうんで、みんなが牡丹堂はんはどうもおへんか、味が変わるんちゃうかって、心配したはります。あそこは旦那はんがしっかりしたはるから、安心しとくりやす、てみんなに言うてますねんけどなぁ」

やっぱり、噂の出どころは東野若紫だ。どこまで「いけず」をすれば気がすむのだろう。

近衛門が行ってしまうと、徹次は憤然とした様子で仕事場に戻って来ると、「がっ」と一声吠えた。伊佐は使いに行っていなかった。いたらもっとやりきれない気持ちになっただろう。

しばらくして裏の井戸で洗い物をしていると、お絹が来た。泣いた後のようなはれた瞼をしていた。

「伊佐さんと話をしたの？」

「うん。みんな聞いた」

「そう」

「東野若紫に移って、これからはおっかさんと暮らす。今までありがとうって言われた」

「それだけ？　それで、お絹ちゃん、なんて答えたの？」

「それじゃあ、仕方ないですねって」

お絹の瞳が涙にぬれて、こぼれた。

「だって、そう答えるしかないでしょう。伊佐さんの気持ちがそうなんだから。どうして、教えてくれなかったのって聞いたら、それは、俺のことであんたとは関係がないからって」

その言い方はあんまりだ。それではお絹の立場がない。

「そうでしょう。あたしね、伊佐さんがついてきてくれるかって言ったら、ついていくつもりだったの。でも、そんなことは一言も言ってくれなかった。ああ、この人の目に、あたしは映っていなかったんだなって思った。話しかけてくれたりすると、もうそれだけでうれしくて、一緒に出掛けたりすると何日も幸せでいられたけど、それはあたしが勝手に思っていたことで、伊佐さんにとっては、どうでもいいことだったんだよね。やっと分かった。期待をしていた、あたしが馬鹿だった」

お絹はまた涙を流した。けれど、顔をあげると、目が怒っていた。

「だからね、もういいの。もともとおとっつぁんは、伊佐さんはダメだって言っていたの。親がいないのならいいけれど、生き別れて、江戸のどこかにいるのは心配だ。いつかその母親が現れて、面倒を起こすんじゃないのかって」

お絹の家の二軒隣に小さな娘のいる大工の若夫婦が住んでいた。生き別れになっていた亭主の母親が見つかって、体も悪くしていたから引き取った。腕のいい大工で、そこそこ手間賃が入っていたから、母親の一人くらい大丈夫だと思っていたらしい。

「でも、そのおっかさんには借金があった。最初に、もう、これだけって聞いてきれいに整理したと思ったのに、ひと月もすると、どこからか証文を持って誰かがやって来る。おっかさんはお金にだらしのない人で、いつまで経っても借金が終わらない。今までは夫婦仲良くしていたのに喧嘩ばっかり。そのうちに大工さんが足場から落ちて怪我をしてお金が返せなくなった。利息が雪だるまのように増えて、とうとうどうにもならなくなった」

「それで、どうなったの？」

「夜逃げした。母親の借金は母親が死んでも消えないんだよ。息子がいたら今度は息子にかかってくる。払えないなら娘を売れって言われたらしい。だから、本当に、もう、そうするしかなかったの。でも、夜逃げしたら、世捨て人になるしかない。世話になった大工の親方にも、仲良くしてくれた近所の人にも挨拶すら出来ず、出ていった。きっとどこかでひっそりと隠れ住んでいるのよ」

お絹はいらだったように地面を踏んだ。

「あたしはね、それでも、伊佐さんについていくつもりだった。おとっつぁんやおっかさんが何を言ってもいいの。そういうことじゃないんだから。駆け落ちしたっていいの。でも、全然、そうじゃなかった。あたしのことなんか、最初から、どうでもよかった。それだって、もっとやさしい言い方とか、あるでしょう。ひどいよ。何にも教えてくれないし。あんたには関係がないなんて。悔しいよ。あんな男、勝手にどこにでもいけばいい」

小萩の目の端に伊佐の姿が見えた。

「お絹ちゃん。だめ。もう、それ以上言わないで」

「だって、本当のことだもの。伊佐さんが東野若紫に移ること、もう、このあたりの人はみんな知っている。それでもって口をそろえて言っている。今まで育ててもらった牡丹堂に後ろ足で砂をかけるような真似をして、罰当たりだ。親孝行も何もないもんだ。一体、何を考え違いしている」

伊佐は一瞬、立ちすくんだ。小萩の視線をたどるように、お絹は振り返った。伊佐とお絹は見つめ合った。視線をそらしたのは伊佐の方で、背を向けてどこかに去って行く。お絹はじっと伊佐の消えていったあたりを眺めていた。

小萩が重い気持ちで夕飯の支度をしていると、幹太が顔を出した。

「なんだ。今日も芋か」

鍋をのぞいて言った。

「芋と豆の季節ですから」

「なんだ、泣いてんのか？」

「泣いてませんよ」

「しょうがねぇなぁ、うちの女たちは。ばあちゃんもゆうべ、どうしよう、どうしようって、ぐすぐす泣いているんだ。伊佐兄はもう大人なんだから、てめぇのことはてめぇで決めるよって言ったら、もっと泣かれた」

幹太は小萩の手からお玉を取り上げると、芋をひとつすくって食べた。

「おはぎは伊佐のおっかさんに会ったんだろう。どんな人だった？」

「芸者さん。三味線持っていて、とてもきれいな人だった。椿の花みたいな感じがしたけれど、その花は盛りを過ぎて地面に落ちて、汚れていた」

「おいらも一度、会ってみたいな。その人は伊佐兄がじいちゃんとの約束を破って、ばあちゃんを泣かせて、思い出のたくさんあるこの見世を出てもいいって思えるくらい、大事な人なんだろ」

「会わない方がいい」

「なら、おはぎ、おいらをそこに連れていってくれよ」

幹太は小萩の腕をひいてお勝手から連れ出した。そのまま、日本橋川の川沿いを目指して歩き始めた。

「分かってんだ。伊佐兄がおっかさんに声をかけられたのは一石橋のところだろ。あそこには迷子しらせ石標《せきひょう》があるんだよ。今でも伊佐兄、あそこに行っていたんだな」

迷子しらせ石標とは、子供が迷子になったり、迷子を見つけたりした人が、その子の特徴を書いた札をおくための石のことだ。

「おいら、子供の頃、伊佐兄に連れられて何度も行った。あいつは頑固だからね。自分が母親に捨てられたってことを、認めたくなかったんだ。部屋に二重丸を書いた紙があったんだってさ。二重丸は帰りは夜になるから先に寝ていろって合図だった。だから遅くなっているけど、必ず戻ってくるって。自分もずっと待っているつもりだったけど日本橋に来ちゃったから、かあちゃんの方もおいらを探している。迷子札を出しているに違いないって言い張るんだ」

石標のそばに行くと、いつも伊佐は一枚、一枚札を改めた。読めない札があると、近くにいる大人の人に読んでもらった。

「何度も行くから、顔を覚えられていてさ。お前さんの札はないよなんて言われた。それらしい札があって、二人でこっそり会いに行ったこともあるんだよ。そしたら全然違う人でさ。あの時のがっかりした伊佐兄の顔は忘れられない」

お福やお葉にかわいがられても、やはり本当の母親が恋しかったのだろうか。

「そりゃ、そうだよ。ばあちゃんは自分の子供と同じなんて言うけど、それは嘘だね。おいらは寝坊したって、何したって許されるけど、伊佐兄はそんな風に甘えられるわけないだろ。どんなに夜遅くなっても、伊佐兄は朝、ちゃんと起きて大福を包む。大福ができれば、羊羹、その次は上生菓子っていうように、次々覚えていった。そうしないと、この家にいられないと思っていたんだよ。きっと」

小萩は伊佐が大きな声で笑う姿を見たことがなかった。いつも、顔の半分だけで静かに笑った。伊佐はいつも淋しかったのだろうか。

「おいらだって、ときどき、急に淋しくなることがあるんだ。こんな時、かあちゃんがいてくれたらなって思う。そんなこと言ったら、恥ずかしいから言わないけどさ。伊佐兄はおいらよりずっと早く親と別れて、他人の家で暮らしていたわけだし。そりゃあ、切ない時もあったよな」

遠くに柳が見えてきた。路地の見世には灯りがついて、昼間とは違うどこか怪しげな表情を見せていた。

「ここかぁ。これはちょいと、つまりな、場所だな」

幹太が言った。

「こういうところの女に母親だって言われてもなぁ。なかなかきびしいぜ。伊佐兄、傷ついただろうなぁ。それで、あいつのかあちゃんがいるのは、どの家だよ」

小萩は一軒の見世を指さした。ちょうどその時、見世の戸が開いて、男女が出て来た。

だらしなく着物を着た女が「また、来てねぇ」と男の背中を押した。

職人だろうか、黒っぽい着物の男は背を丸め、足をひきずるようにして歩いていく。

小萩の視線を感じたのか、女がつっと振り返った。

伊佐の母親だった。

化粧が落ちた顔は青白くむくんで、ひどく疲れて年取って見えた。体全体に崩れて投げやりな感じが漂っていた。

女は仁王立ちになって、小萩をにらんだ。

「あんた、さっきも来ていたね。何の用だよ」

幹太が背を向けて帰ろうとしたが、小萩は女から目を離さなかった。

「なんだよ。黙りこくって気色《きしょく》悪い」

女が家に入ろうとした。小萩は我知らず、叫んでいた。

「伊佐さんを私たちに返してください。今までのように、お菓子をつくれるようにさせてください。今、見世を移ったら、伊佐さんは職人としてやっていけなくなります」

思いがけない素早さで女が振り返った。

「あんた、伊佐とどういう関係さ。あたしは伊佐の母親だよ。偉そうに、なんだよ。関係のない奴が、余計なくちばしを突っ込むんじゃないよ」

「伊佐さんはあなたと暮らすために、好きあった人と別れたんです。もう、丸ごと全部、投げるつもりです。そんなことさせて、いいんですか？」

「しゃらくさいこと、言うんじゃないよ。小娘が」

女が石を拾って投げた。その拍子に帯が落ちて、着物の前がはだけ、裸の胸が見えた。肉が落ちて、そのくせ乳房だけが奇妙に豊かで、重たそうに下がっている。盛りを過ぎた椿の花は雨に打たれ、泥で汚れ、それでも花びらは赤く、黄色いしべは空に向かっている。

一瞬、そんな光景が浮かんで、消えた。

小萩は悲しく、悔しくなった。

どうしてこの女が母親なのだ。伊佐の母親なら、たとえ貧乏でも、それなりにきちんと、きれいに、まっとうに生きていてほしい。それができないなら、伊佐の前に出てこないでほしかった。

小萩は女の前に駆け寄った。

「お願いです。もう、伊佐さんに近づかないでください。息子のことを思うのが母親ってものでしょう。それを、邪魔するなんて、母親のすることじゃないです」

「だめだ。やめろ」

幹太が小萩の腕をつかんで引き戻した。小萩はその腕を振り払った。女が平手で小萩の頬を打った。

「お前は何様だよ。伊佐がいいって言ってるんだ。お前なんかの出る幕じゃない」

女が小萩の腹を蹴った。小萩は腹を押さえて地面に転がった。むせた拍子に泥が口に入った。「やめろよ」と叫ぶ幹太の声が響く。

「今度、そんな口を利いたら、こんなもんじゃすまないよ」

女はもう一度、小萩の腰を蹴ると去った。戸の閉まる音がした。のろのろと起き上がると、幹太が着物の泥を払ってくれた。唇が切れて血がにじんでいた。

見世に戻ると、伊佐がお勝手に立っていた。唇の血は止まったが、ひどくはれた。

「その顔、どうした」

「ちょっと、ぶつけて」

「知ってるよ。お袋にやられたんだろう。さっき、お袋から言伝《ことづて》があった」

「すみません」

「なんでだ。どうして、そんな余計なことをする?」

幹太が言った。

「ごめんよ。伊佐兄のかあちゃんの顔を見たいって、おいらが言ったんだ。だって、おいらは弟みたいなもんだろう。挨拶ぐらいしておきたいなって思ってさ。ほんと、余計なことだったよな。悪かった。だから、小萩を怒らないでくれ。それに、先に石を投げたのはあっちだ」

「その傷は石が当たったのか」

「蹴られた拍子に地面に転がったんだ」

小萩の代わりに幹太が答えた。伊佐は暗い目をした。

「悪かったな。俺が代わりに謝る。だけど、頼むから、もう、俺のことはほっといてくれ」

伊佐は背を向けた。だから、小萩は黙っていなければいけないはずだった。だが、口が勝手に動いた。伊佐の背中に向かって語りかけていた。

「それでいいんですか？　本当に伊佐さんは納得しているの？　伊佐さんがやりたかったことが出来るんですか？　思い描いていたような生き方になるの？」

背中がぴくりと動いた。

——いいんだ。分かっている。もう、何も言うな。

伊佐の背中はそう答えている。

だから、そこでやめておけばよかった。だが、小萩は止まらなかった。

「分かっていないですよ。みんながこんなに伊佐さんのことを心配しているのに、全然、聞く耳を持たないじゃない。伊佐さんは、おっかさんを見捨てたら、自分は人でなしになると言ったけれど、そんなことはないです。おっかさんは大事かもしれないけれど、それは、おっかさんの言うままになることとは違うでしょう。どうして、自分のためにならないと分かっている道を選ぶんですか？」

幹太が小萩の袖を引いている。だめだよ。もう、それ以上言うな。お前の気持ちは分かったから。そんな声が聞こえたような気がした。

「いいんだ。もう決めたことなんだ」

「みんな伊佐さんのことを心配しているんですよ。助けたくて、手を伸ばしているんです。どうして、それが分かってくれないの？　私は伊佐さんにここにいてほしい。いろんなことを教えてもらいたいし、一緒に働きたい」

声がかすれて、最後の方は言葉にならなかった。伊佐は小萩の脇をすり抜けるようにしてどこかに行ってしまった。

「小萩」

肩を抱かれて振り向くと、お時がいた。

「分かったよ。もう、分かったから。大丈夫だから」

小萩はお時の肩にすがって泣いた。

夕飯になっても、伊佐は戻ってこなかった。

夜、寝床に入ると、悲しくなった。

「しょうがないねぇ。泣くくらいなら、黙っていればよかったのに」

「そう思ったけど、口が勝手に動いた」

お時が涙をふいてくれた。

「女の子が顔にけがして、馬鹿だねぇ」

「おかあちゃん譲りだ」

「男っていうのは弱い生き物なんだよ。強そうに見えるけれど、木の枝みたいにぽきんと折れる。理屈でへし折っちゃだめなんだ。伊佐だって本当は分かっているんだよ。だけど、金は母親に使われちまったし、一緒に住もうなんて約束したし、もう引き返せないんだよ。弱ったなぁ、困ったなぁって思っているところを、あんたに突かれた。弱みを突かれると、男はかっとなる。ボンボン燃えてる火に油をまいたようなもんだ」

「じゃあ、どうすればよかったのよ」

「だから、まぁ、適当によしよしって頭をなでてさ」

「今さら、遅い」

「ははは。そうだねぇ。遅いか」

「稲荷ずしでもつくろうかな。お絹ちゃんみたいに」

小萩は思いついたことを口にした。

「へぇ。そんなもん、つくれるのかい？」

考えてみたら稲荷ずしをつくったことがない。田舎の家でつくるのは小鰺《こあじ》の押しずしだ。

「あれは、やめときな。好き嫌いがあるから。お袋の味なら、おはぎがいいよ。おかあちゃんのおはぎ」

「だから、ぼた餅は売るほどあるんだってば。菓子屋でお袋の味もなにもないでしょう」

「じゃあ。ふかし芋だね」

「色気も何にもない」

「何が色気だ。あんたにはふかし芋くらいでちょうどいい。明日も早いから、さ、寝よ」

お時は背を向けると、ふとんをかぶってしまった。

翌日、小萩は芋をふかした。

本当にそれしか思いつかなかったのだ。塩をふっておやつに持って行った。

「へぇ、うまそうだな」

留助が言って一つとって伊佐に渡した。

「なつかしいなぁ。子供の頃、よく食ったもんだ。伊佐、お前んとこだってそうだろう」

伊佐はきろりと小萩を見て、小さくありがとと言った。

「親父が家にいる頃だって、ふかし芋はめったに食えねえごちそうだった。ろくに働かないし、家に金を持ってこなかったから。その親父が消えてからは、いつも腹を空かせていた」

吐き捨てるように言った。

「お袋さんはお前を抱えて、どうやって暮らしてたんだ」

「針仕事とか、近所の畑の手伝いとか、いろいろさ。俺は子供の頃、よく熱を出したり、怪我したりしたから、長く家を空けたくなかったんだな。それで半端な仕事しかできねぇ。その日は、朝から水しか飲んでいなかった。隣の人が気の毒がってふかし芋をくれた。お袋は自分も腹が空ききっているはずなのに、俺にそのふかし芋をくれたんだ。『ひとりで食べな』って言ってさ」

「そういうことが出来るのは、親だけだな」

留助は伊佐に白湯を渡した。

「今は見る影もないけど、若い頃のお袋は結構、きれいだったらしい。娘時代は近所でも評判だったって」

「分かるよ。伊佐のお袋さんなら、美人だよ」

伊佐は湯のみの温かさを確かめるように手の平で包んだ。

「ふつうの家の娘だったんだよ。違う男と一緒になっていたらあんな惨めな思いをしないで、どこにでもいるような普通のおかみさんになって、当たり前の暮らしをしていたかもしれない。それを考えると、俺はお袋がかわいそうでならないんだ。一石橋のところで『お前、伊佐だろう。かあちゃんだよ』って声をかけられても、すぐには誰だか分からなかった。顔がすっかり変わっていたから。だけど、ちょっと話をしたら、お袋だって分かった。その途端、ぱあっと昔の顔が見えたんだ」

「伊佐に会う時は、気持ちも昔になっているんじゃないのかい」

留助はやさしい声で言った。

「すっかりやせて、手なんか荒れてがさがさで肩に大きな刺し傷があるんだ。かあちゃん、ぐっすり眠れた時があるかいって聞いたら、もう何年もないよって答えた。目をつぶるといろんなことが思い出されて怖いんだってさ」

「お前を置いて出て行った時、お袋さんはいくつだったんだい？」

伊佐は指を折って数えた。

「二十六、いや二十五か」

「若けぇなぁ」

　留助はしみじみとした調子で言った。

「美人で、しっかりもんだったんだろう。伊佐を抱えて一人で頑張ってたけど、やっぱり心細くて、淋しくてしかたなかったんだよ。そういう心の隙に付け込む男がいるんだ。どんなにしっかりもんでも、しっかりもんだからこそ、ころりと騙されちまう」

　そうなれば、後はお定まりだ。泥水を飲んで、もがけばもがくほど深みに沈む。なんとかその日をやり過ごすだけで精一杯の暮らしだ。

「だから、一緒にいてやりてぇのか」

「ああ」

「お前の一生を棒にふってもか」

「あん時、一個のふかし芋を俺にくれたんだ。今度は、俺がなけなしのもんを差し出す番じゃねぇのかなぁ」

　伊佐はちらりと小萩を見た。

「そういうわけだ」

「すみません。余計なことを言いました。伊佐さんのおっかさんにもひどいことを言いました」

「謝るのはこっちさ。あんたの言うとおりだよ。俺の大事な人はみんな遠くに行っちまった。だから俺は人と付き合うのが怖い。誰かと仲良くなって、そいつのことを好きになったら、またいなくなるんじゃないかと心配しなくちゃなんねぇ。だったら、誰とも仲良くしない方が楽じゃねぇか。淋しい思いをしなくてすむ」

伊佐はやっぱり花菖蒲のような男だった。

こぶしのように固く握ったつぼみの中には、紫の花弁に包まれて鮮やかな黄色が隠されている。こぶしを開いて、中の花を見せてくれたらもっと世界は広がるのに。

「親の話なんか、今まで誰にもしゃべったことがないのにな。ふかし芋につられて、つい思い出しちまった」

伊佐は小さく笑った。

「だけど、俺はあの東野若紫に行くのも、ちょいと楽しみでもあるんだ。本当のことを言えば、京菓子の紅色に惚れちまっている。どうしたら、あんな風にかわいらしい、華やかな、色気のある色が出せるのか。それが知りたい」

「騙されてるかもしれねぇぞ。ちょろっと来た江戸者にすんなり教えてはくれねぇぜ。みんな意地が悪いよ」

「それだって、なんやかややっているうちに、ちょこっとひみつの端っこの方が分かるかもしれねぇよ。そしたら、もう、こっちのもんさ」

「そうだな。お前の力なら、後はわけねぇ」

留助は声をあげて笑った。


日が暮れて、もうそろそろ見世を閉めようかという時間に、茶人の霜崖《そうがい》が一人でふらりと店にやって来た。

「そろそろ次の茶会のことを考えておりましてね、こちらでよもやま話などしていると、何かいい知恵が浮かぶのではないかと思いましてね」

奥の間に通し、徹次が相手をした。小萩がお茶を持って行くと、霜崖は菓子帖をながめている所だった。

「それはそうと、東野若紫は大変らしいねぇ。次々、職人が京都に帰っているそうだし、赤猪さんの茶会で大変お叱りを受けたそうだ」

徹次が首を傾げた。

「その噂は、本当なんですか？」

「噂じゃないよ。茶人の間じゃ、周知の通りだ」

「いや、うちのことじゃねぇのかって、心配したお馴染みさんが来てくれたんでさ」

「なんで、お宅の話になるのかい」

霜崖はからからと笑った。

「東野若紫は、兄弟仲が悪いんで京都じゃ有名らしぃよ。近衛門は妾腹でね、まぁ、それだって出来が良ければ問題ないが、商売の才は兄に及ばないし、菓子の方もからっきし。好きなのは、お茶屋遊びばかり。ある時、先代が嘆いたそうだ。『あいつは、本当に俺の種か？』」

茶人とは思えない下世話な話題である。

「それで京に居づらくなって江戸に来たが、京下りと威張っていられたのは最初のうちだけ。だんだん見世も傾いてくる。ところが近衛門はそんなことにおかまいなしの贅沢三昧。嫌気がさした職人が京に帰りたいって言い出して、それを耳にした兄さんが怒って江戸の見世を閉めちまえって息巻いているとか、いないとか」

「まさか、手が足りなくなって職人を引き抜いたりしてねぇでしょうね」

徹次がたずねた。

「船井屋本店の若い職人に声がかかったたって聞きましたよ。あそこの旦那がすぐに気づいて断らせたって」

「あれまぁ」

挨拶に顔を出したお福が声をあげた。小萩に目配せしたのは、伊佐を呼べということらしい。小萩は大急ぎで、仕事場の伊佐を奥の間に呼んだ。

伊佐が一礼して末席につくと、霜崖はちらりと見て言った。

「大方、こちらにも声がかかったんでしょうなぁ。年ごろもいいし、すぐに役に立つ。どんなうまい話を聞かされたかもしれないけど、近衛門はやめときなさい。京菓子が習いたいなら京の本店に行った方がいい。それならこっちで口を利いてやる。近衛門のところに行ったら、もう、それでおしまいだ。ろくな職人が残っていない」

伊佐は固い表情のまま、一礼して出て行った。

霜崖が帰った後、徹次が仕事場に戻ってきた。

「おい、伊佐」

明日炊くもち米を計っていた伊佐が顔をあげた。

「支度金っていうのは、いくらなんだ。その金、返せば東野若紫に行かなくて済むんだろ。こっちで払うから」

「それは困ります。そんなことをしていただくわけにはいきません」

「勘違いするねぇ。お前にやるんじゃねぇ。働いて返せ」

伊佐は口をへの字にしてうつむいた。

その後、徹次は仕事着からよそ行きの着物に着替えて一人、どこかに出かけて行った。

のれんを下げようと表に出ると、父の幸吉の姿があった。

「小萩、ちゃんと働いているかい。文もくれないから、心配していたんだよ」

上背のある大きな体に、人の好《よ》さそうな丸い顔がのっている。

「そんなこと言って、本当はおかあちゃんを迎えに来たんでしょ。四、五日前から来てるよ。今日は出かけてまだ帰ってきてないけど」

「そうか。そうだったんだ。困ったおかあちゃんだねぇ。あはは」

照れたように頭をかいた。

「でも、今日はいろいろこっちも取り込んでいてね、いきなりおとうちゃんに来られても困るかもしれない」

「間が悪かったかなぁ。でも、ほら、せっかく来たんだ。ご挨拶だけでも」

家でつくった干物を取り出した。

「おや、表で声がすると思ったら、幸吉さんじゃないかい。遠い所からわざわざ、小萩に会いに？　さぁ、どうぞ中へ」

お福が如才なく家に案内する。

「徹次さんの方は時間がかかるかもしれないから、時分時《じぶんどき》だし、ご飯、先にしようかね」

小萩が干物を焼いていると、お時が帰ってきた。幸吉を見て言った。

「なんで、あんた、ここに？」

「なんでって、迎えにきたんだよ。お前、なんか、勘違いしているよ。三の奴がさ、ちょっとしでかして、それで俺が間に入ったんだ。分かってるだろう。そのくらい」

「人のせいにするんじゃないよ。あんた、箪笥《たんす》のお金もそっくり持っていっただろう。あれは、子供たちのために用意してあるお金なんだよ。どうするんだよ」

「あ、そうだったな。悪かった」

「悪かったじゃないよ」

「すみません。金は必ず返す。この通りだ。な、機嫌を直してさ、この通り、男が頭を下げているんだ。帰っておくれよ」

幸吉は手をついて頭を下げた。

浜育ちの二人だから、小声のつもりでもよく響く。留助が笑いをこらえ、幹太も物珍しそうに二人を眺める。小萩は恥ずかしくてたまらない。

「おとうちゃんも、おかあちゃんも、声が大きい」

「ああ、まぁ。話はそれぐらいにしてね、幸吉さん、一杯どうだね」

弥兵衛が声をかけた。

「娘はどうですかい？　少しはお役に立ってますかい？」

「小萩さんはね、よく働いてくれてますよ。役に立ってる」

「そうですかい」

幸吉が弥兵衛の隣に座った。

「結構、気が強いでしょう。萩ですから」

「ほうほう」

「雑草みたいなもんでね、荒れた土地でも日陰でもよく育つ。ほっておくとすぐ藪になる。まぁ、小さい花をいっぱいつけてくれるから、楽しいやね」

「かわいい花ですよ」

幸吉は機嫌よく酔っ払い、明日の朝一緒に帰るからと、まだ少しむくれているお時を連れて宿に戻って行った。

いる時はうるさいと思っていたが、いなくなると、妙に寂しく感じた。それが母親というものなのか。

仕事場でぼんやりしていたら、留助が小萩のそばにやってきた。

「楽しい、いい両親じゃねぇか」

「そうですか？」

「伊佐はどう思っただろうね。あいつはさ、どこにでもある、普通の暮らしってもんを知らねぇから」

「私、伊佐さんに悪いことをしたんでしょうか」

「いいや。あれでいい。前に言ったろ。あいつは自分で壁をこさえて、その壁を壊してくれる奴が出てくるのを待っていた。小萩は壁を叩いた。壁が壊れたかどうかは分からねぇが、あいつの耳には届いてる。人頼みじゃだめなんだよ。ガキじゃあるめぇし。自分で壊して、自分の足で外に出てこなくちゃなんねぇんだ」

伊佐と留助が帰った後、夜遅く、裏の戸が開いた音がした。徹次が戻ってきたらしい。弥兵衛やお福が起きてきて、三人で話をする声が聞こえてくる。

ぼそぼそとした話し声が静かな家の中に響く。

きっと伊佐のことだろう。

お金の話なのか、母親のことなのか。その両方なのか。

伊佐は二十一屋を出ていくことになるのか。

小萩は心配で眠れず、何度も寝返りを打った。

翌朝、小萩が目を覚ますと、仕事場から徹次と伊佐の声がした。

「悪いけどな、お前を今、東野若紫に行かせるわけにはいかねぇんだ。だから、話をつけて来た。こっちでしばらく働いてもらうよ」

小萩は急いで身支度をすると階段の途中まで下りて、聞き耳を立てた。

「言っただろう。おめぇのためじゃねぇ。こっちだって意地ってもんがあるんだ。一生懸命育てた職人をかっさらわれちゃ、困るんだよ」

「だけど、それじゃあ」

「だけどもへちまもねぇ。言っただろう。金は働いて返してもらう」

お福の声がした。

「よかったねぇ。あんたがいなくちゃ、あたしは淋しくていらんないよ」

小萩はうれしくなって階段を駆け下りた。

「また、一緒に仕事が出来るんですね」

伊佐は小萩に目をやってから徹次やお福に何度も頭を下げた。

いつもの朝が戻ってきた。みんなで大福を包んでいると、小さな子供がやって来た。

「ここに伊佐という人はいますか？」

「伊佐は俺だけど」

手を止めて子供のそばに寄った。

「その先で女の人に頼まれた。伊佐って人に、この紙を渡してくれって言われた」

紙には墨で大きな二重丸が描かれていた。幹太が叫んだ。

「伊佐兄。おっかさんだよ。おっかさんが来ているんだ。前に言ってたじゃないか。三角はすぐ戻る、丸は遅くなるけど戻る、二重丸は夜になるから先に寝ていろって印だって」

伊佐が子供に近づいてたずねた。

「どこで、この紙をもらった」

「表の通りだよ。おいらにこれを渡すと、橋の方に向かって歩いて行った」

「何しているんだ。すぐ、追いかけるんだよ。今なら間に会う。会って、話をするんだ」

お福が言うと、伊佐は叫び声をあげ、外に走って行った。

だが、伊佐はそのまま昼になっても、夕方になっても戻ってこなかった。

「ちゃんと会えたのかねぇ」

お福は座敷に座って小さな庭をながめながらつぶやいた。八つ手の葉っぱに影が差している。

「一緒に暮らす算段をしているんじゃないですか?」

小萩が言うと、お福は薄く笑った。

「出来ないよ、そんなこと」

「だってお金のことは片付いたんでしょう」

「それは東野若紫の話だけだよ。あの手の金貸しに一度つかまったら、逃げられない。文度金って書いてあるけど、実際は一年間の給金の前借りだったんだって」

徹次は伊佐の母親にいくら借金があるのか、それはいつ、どこで借りたものか、他人の保証人になったことがあるかたずねたが、もうすっかり分からなくなっていた。

「もう、伊佐の手に負えることじゃないんだよ。それが分かったから、身をひいたんだろう。一度は捨てた息子に一緒に暮らそうって言ってもらえたんだ。それで十分だ。あたしだったら、この先何があっても幸せだったって思えるよ」

お福はしみじみとした言い方をした。


見世を閉める時刻になっても伊佐が戻ってこなかったので、手分けして探すことにした。徹次と留助は伊佐の母親が暮らしていた大川端の方へ行き、小萩と幹太は日本橋の通りを見に行った。日が暮れて、あたりが暗くなってきた。幹太が一石橋の迷子しらせ石標の方を見てくると言うので、小萩は別れた。見世に戻ろうと歩いていると、地蔵寺があった。薄暗い境内の楓《かえで》の木の下に藍色の背中が見えた。

伊佐だった。

丸めた背中は子供のように小さく見えた。

声をかけると、伊佐はびくりと体を震わせた。着物も顔も泥だらけで、涙のあとがあった。手を伸ばすと、伊佐は小萩の指をつかんだ。はぐれないよう子供が親の手を握るようなつかみ方だった。

「どうして、こんなところにいるの？　一緒に、帰ろう」

「分かった」

声がかれていた。泣き叫んだのだろうか。

小萩は伊佐の隣の砂利の上に座った。湿った土の匂いとともに、伊佐の匂いがした。

小萩は気づいた。伊佐は淋しかったのだ。母親が恋しかったのだ。

七歳で一人になって二十一屋に来た。家族のように育てられたとはいっても、やはり他人の家なのだ。母親や祖母に甘える幹太を見て、伊佐は何を思っていたのだろう。帰ると約束した母親の言葉を胸に抱いていたのではないのか。

小萩にとって伊佐は強くてまっすぐで、こぶしを空に突き上げているような人だった。

だが、心の中に淋しさや弱さを隠し持っていた。

「伊佐さん、おっかさんは戻ってくるから。だって、二重丸は夜になるけど戻るっていう印なんでしょう。だから安心して。必ず、また会えるから」

「そうだな」

「お見世に戻らなくちゃ。親方もおかみさんも、みんなも心配してるから」

小萩は伊佐の手を引っ張って立ち上がらせた。

だが、伊佐は歩き出そうとしなかった。小萩の指をつかんだまま、立っていた。小萩は切なくなって言った。

「私も、伊佐さんと一緒に、おっかさんを待ってもいいかなぁ」

伊佐が小萩の顔を見た。小萩も自分の言葉に驚いた。どうしてそんなことを言ったのか。けれど、ずっと前から思っていたような気がした。

「そうしたいから。そうしてもいい？」

空はすっかり暗くなり、お互いの顔も見えなくなっていた。伊佐がぽつりと言った。

「小萩の手は温かいな」

伊佐が小萩の手を握った。それはさっきまでの子供のようなつなぎ方ではなくて、一人前の大人の男のやり方だった。骨ばった伊佐の指が小萩の手をしっかりと包んでいた。

このまま、ずっとこうしていたい。

小萩は思った。

夜になって、朝が来て、また夜になって。そうして何日も、何か月も、何年もずっと二人で手をつないでいたかった。

けれど、夜の風が足元を吹き抜けると小萩は寒さで震えた。

「悪かったな。ありがとう」

伊佐が小萩の肩に腕を回した。伊佐の温かさが伝わってきた。

冬

京と江戸　菓子対決

一

木枯らしが吹いて師走《しわす》である。牡丹堂も冬支度である。小萩の一年も残り少なくなった。

毎朝の大福包みが終わったとき、しみじみとした調子で幹太が言った。

「最初はどうなるかと思ったけど、なんとか様になってきたなぁ」

みんなが笑った。きっと、同じ思いだったのだろう。

田舎から届いた文には、正月には戻っておいで、冬至を過ぎたら迎えに行くと書いてあった。本当に一年なんてあっという間だ。この頃の小萩は毎日が愛《いと》おしい。慌ただしく動き回って、気がつくと西の空が赤く染まっている。どうしてこんなに一日が短いのか、切なくなってしまう。

伊佐は今まで通り、二十一屋で働いている。みんなも以前と変わりなく接している。小萩と伊佐も相変わらずだ。むしろ、少し離れてしまった。

小萩は伊佐と一緒にいたいくせに、二人になると恥ずかしくて逃げ出したくなる。何をしゃべっていいのか分からない。顔を赤くしてうつむいてしまう。そういうところを、幹太や留助やほかのみんなに見られたくないと思うから、よけいぎこちなくなる。

きちんと自分の思いを伝えたいと思っているうちに、故郷《くに》に帰る日は五日の後に迫ってしまった。

その日、船井屋本店の主人、新左衛門が黒紋付の正装でやって来た。

船井屋本店は弥兵衛がかつて修業をした店で、先代主人の庄左衛門とともに、気難しい茶人の希望に応えるような菓子を毎回苦労してつくっていた。五年ほど前に、庄左衛門が亡くなり、今は息子の新左衛門が三代目、五十人からいる手代や職人を率いている。

新左衛門は年は徹次とおつかつだが、色白の端正な顔立ちで大店の主らしい貫禄のある姿をしている。

「じつは、折り入って徹次さんにお願いがありましてね。それでうかがった次第です」

ていねいな挨拶を受けて、奥の座敷で徹次が対した。

小萩がお茶を持って行くと、ちょうど話が始まるところだった。

「茶人の赤猪様と白笛様が菓子比べをなさりたいとおっしゃっておりましてね」

新左衛門が切り出した。

薬種問屋の赤猪は京好みで、酒も料理も京に勝るものはないと思っている。一方、札差の白笛は江戸贔屓で、江戸には京にない粋《いき》があると言う。ある時、二人は些細《ささい》なことから言い争いになり、どちらも譲らず、それなら京と江戸、どちらが優れているか勝負をつけようという話になった。

「それを菓子で決めようというんですかい？」

徹次がたずねた。

「たしかに京菓子には平安、室町からの長い歴史がある。けれど、江戸だって負けてはいないよ。公方様の御用を賜るのは京菓子屋と決まっていたのは昔の話。江戸には力のある菓子屋がひしめいている。西の菓子とは一味違う、粋なものがたくさん生まれているじゃないか」

これを機に、江戸菓子の真価を広く知らしめたいと新左衛門は言った。

「西は赤猪様、東は白笛様が大将となって三番勝負。一番は饅頭で私のところ。二番は干菓子で本菊屋《ほんきくや》さん」

対する京菓子は、と江戸で名をはせる老舗名店の名をあげた。

「それで、三番の上生菓子をお宅にお願いしたい」

「お相手になる京菓子屋はどこになりますんで？」

「東野若紫さんだ」

小萩は菓子皿をおきながら、徹次の様子をうかがった。「ううむ」といううなり声が聞こえた。

――また、東野若紫か。どこまでついて回るのだ。

と、顔に書いてある。

「一番、二番で勝負がつかないとなったら、最後の上生菓子で勝負がつくわけでしょう。そんな大事なところを、うちみたいなちっぽけな店が請け負っていいんですかい？　江戸で上生菓子と言ったら、伊勢松坂《いせまつざか》さんじゃあないんですかい？」

伊勢松坂は将軍家の御用も賜る大店だ。名実ともに江戸で一番といわれている。

「私たちもそう思ったんですがね、白笛様が牡丹堂がよいとおっしゃる」

二十一屋は白笛から何度も茶席菓子の注文を受けている。そのつど、褒めてもらっていたが、並みいる大店を差し置いて二十一屋を指名するほど、高く買ってくれていたのか。

「それはありがたいことで。白笛さんがそうおっしゃるなら、こっちに断るいわれはねぇんでして」

徹次は答えた。

「そうですか。それはよかった。いや、私も使者の役目を果たせます」

新左衛門は安堵したように茶を飲んだ。

「それでは菓子比べの日は四日ののち、霜崖様の屋敷ということです。お宅にお願いする上生菓子については、お題が与えられています。『奏《かなで》』です。楽器を奏でる、などの意味があります。その『奏』を菓子で表していただきたい。まずは、今日中にいくつか菓子の案を出してください。こちらでもんで、白笛さんにご相談いたします」

「お題も決まっているんですか？」

徹次が渋い顔をした。

たった四日。しかもお題は「奏」である。

京菓子屋は和歌や王朝物語に想を得ることが多いが、江戸の菓子屋は松とか梅といった花鳥風月を描くことが多い。二十一屋に「奏」という菓銘の菓子はない。

徹次は一体、どうするつもりだろう。小萩は徹次の顔をちらりと見た。

「失敗は出来やせんね」

「もちろんです。江戸の菓子屋の名がかかっています。もちろん、こちらも出来る限りのお手伝いをいたします。ですから、申し訳ありませんが二十一屋さんも一意専心の思いで取り組んでいただきたい」

「分かりやした」

徹次が頭を下げる。

「どうぞよろしくお願いいたします。出来れば、早い時間に」

新左衛門は帰っていった。

この日の菓子をつくり終えると、徹次は菓子帖を取り出して頭をひねりはじめた。留助、伊佐、幹太、それに小萩も徹次を囲む。

「お前ら、なんかいい案があるか？」

「茶席菓子なら、きんとんが順当なところでしょうね」と留助。

きんとんというのは、あん玉の周りに細くこし出したあんをつけた、糸玉のような菓子だ。薄紅色に染めれば桜、緑で夏山、紅色で紅葉、さらに松に雪、菊とさまざまなものに見立てられ、しかも格が高い。なんともありがたい菓子だ。

「三色くらいを混ぜて、三味線とか、琵琶なんかの音が重なりあう感じでいってみてはどうでしょうか」

伊佐が言う。

「面白いな。一つは、それでいこう。流し物にするんだったら、中に甘く煮たいろいろな豆を散らしてみよう。小豆、うぐいす豆、大福豆、赤えんどう……」

徹次はさらさらと絵にする。

「木型を使ったものもいいな」

梅、桜、松とさまざまあるが、季節の先取りということで梅に初音のうぐいすを添えてもきれいだろう。

「時間もないことだし、これで一つ、お伺いを立ててみようか。きんとん、流し物、木型。とにかく、どっちの方向に進むか決まらねぇとな」

すぐに紙にまとめ、小萩が船井屋本店に持って行った。

「さすがに早いですね。楽しみです。今、ちょうど、伊勢松坂の松兵衛《まつべえ》さんもいらしているのでお見せしましょう」

小萩は勝手口の脇の部屋で待っていた。

すぐに返事が来ると思っていたが、新左衛門はなかなか戻ってこない。小萩は火鉢もない寒い部屋で一人、ぽつねんと座っていた。夕飯の支度が始まったらしく、せわしない女たちの足音が聞こえる。洗い物、何かを刻む音、やがて煮炊きが始まったらしく、醤油とだしの混じった煮物の匂いが部屋に流れてきた。

一体、何をそんなに長く考えているのだろう。菓子の案が気に入らなかったのか。まさか、小萩がここにいることを忘れてしまったわけではないだろう。

そおっと板戸を開けて廊下に顔を出すと、たすきがけをした女中がやってくるところだった。

「あれっ、あんた、誰？　ここで何をしているの？」

「旦那さんを待っているんですが？」

そこに新左衛門がやって来た。

「悪かったねぇ。こちらの希望がちゃんと伝わるように、徹次さんに手紙を書いていたところなんだよ」

「菓子の案はお気に召しませんでしたか？」

「ううん。そうだねぇ。悪くはないんだけどね、決め手に欠けるっていうか、これぞ江戸菓子っていうものが欲しいって伊勢松坂さんが言うんだよ。今の案はきれいだけど、京でも、どこでもあるだろ。まあ、そのあたりは今、詳しく手紙に書いているからね、持って帰って徹次さんに見せてくれないかな」

「分かりました」

どうやら不首尾に終わったようだ。

冬のことでとうに日は暮れている。小萩が駆け足で二十一屋に戻り、徹次に手紙を見せた。長い手紙だった。書いたのは新左衛門だが、内容のほとんどは伊勢松坂の松兵衛の言葉だった。

「なんだ、伊勢松坂は関わらないと言っていたのに、口だけは出すのか」

徹次は不満げな声をあげた。

お勝手からは煮物の香りが流れてきて、小萩の腹がぐうっと鳴った。通い女中のお貞が夕飯の支度をしてくれたらしい。

「とりあえず、先に飯食ってからにしようか」

そう言って徹次が立ち上がったちょうどその時、店先で訪《おとな》う声がする。小萩が出ると、伊勢松坂の主人の松兵衛がいた。

目の高さが小萩と同じくらい。やせて小柄な老人で、白髪をまとめて小さな髷《まげ》を結っている。顔にはしわがあるが目に力がある。声も大きい。

「いや、さっきの菓子の案を見せていただいてね、私の意見を新左衛門さんに文にしてもらったが、ちゃんと伝わったか心配になった。こういうことは、やはり直接言わんとな」

お福があわてて出てきて、奥へ誘う。

「まぁ、相手は東野若紫。主だった職人も京に戻ってしまったし、あの近衛門だから、万が一にもお宅が負けることなどとは考えていないけどね。勝負というのは、どういう風に転がるか分からないところがある」

この勝負、二十一屋と東野若紫だけのことではない。江戸の菓子と京の菓子を白笛と赤猪が誇りをかけて争う、絶対に負けられないものなのだと、力説する。

そういうことなら、いっそ伊勢松坂さんが出せばよいのに、いやいや万が一、負けて見世の名に傷がつくのを恐れているのだと、留助と伊佐は仕事場の隅でこそこそ話をしていた。

松兵衛の長い話はなかなか終わらない。徹次が席につかない以上、夕飯は始まらず、腹を空かせた幹太はお茶ばかり何杯も飲んだ。

「すべてはお宅らの肩にかかっている。頼みますよ。こちらも、できるかぎりの援軍を送りますから」

松兵衛が席を立ったのは亥の刻も過ぎた後だった。牡丹堂のそれぞれは、なにか、とんでもなくやっかいなことを押し付けられたような気持ちで夕飯を食べた。

翌朝、見世を開けると伊勢松坂から来たという十歳になるかならずかのまだ幼いと言ってもいいような小僧が二人立っていた。

松兵衛が言っていた援軍というのは、この子らのことらしい。しもやけで腫《は》れた手であん玉を丸めてもらうわけにもいかないので、掃除と水汲み、洗い物を頼んだ。

朝ご飯になって親方といっしょに座ると知って、二人は顔を見合わせて尻込みした。

伊勢松坂は職人の数が多いから、職人は職人だけで食事をとるそうだ。端の方で固くなって座っていたが、幹太がいつものようにお代わりとどんぶりを差し出すと、心底うらやましそうな顔をする。

「ご飯のお代わり、いりませんか？」

小萩がたずねると「おいらたちも、いいんですか？」と小さな声で聞いた。

「若いうちは腹が空くんだ。遠慮するな」と弥兵衛に言われて、元気が出たらしい。幹太と競うように三杯飯を食べた。

二人は言われたことは真面目によく働いたから、お福も小萩も大助かりである。

徹次は見世の仕事を留助と伊佐に任せて、自分は隅で菓子帖を開いて頭を絞っている。

小萩がひょいとのぞくと、三味線や太鼓らしい絵が描き散らしてあった。

「おい、伊佐、ちょっと来てくれないか？　江戸といえば羊羹だろう。流し合わせにして、羊羹の上に絵を描いたら、どうかと思うんだ」

流し合わせとは、二種以上の生地を型に流して固める技法で、その上に砂糖蜜で絵柄を描こうというのである。

「三味線を描いて『奏』というのはどうだ」

それで下絵をつくって、小萩がまた船井屋本店に持って行った。今度の案は松兵衛も納得したらしい。この案で進めてもらいたいという返事をもらった。

見世に戻ってくると、裏の井戸端に伊佐がいた。

「小萩、早かったじゃないか。なんだ、走って来たのか。顔が赤いぞ」

「いい返事だから、早く伝えようと思って」

「そうか。よかった。中で親方が待っているぞ」

「はい」

話はそれで終わってしまった。

小萩はがっかりした。たまに伊佐が声をかけてくれても、見世の先輩と後輩の域を出ない。小萩が求めているのはそんなあたりさわりのない話ではなく、もう少し実《み》のある、やさしい一言だ。

伊佐はあの夜のことを忘れたような顔をしている。なかったことにしてしまうつもりなのか。

だが、伊佐につかまれた時の指の感覚が残っている。肩を抱いてもらった時の温かさも、汗の匂いも、あの時の全部が小萩の指や肩や髪や体中にしみこんでしまった。小萩には大事な思い出だ。

徹次に伝えて井戸端に戻ってくると、伊佐の姿はなかった。代わりに幹太がいた。幹太は庭で蟬をつかまえた子猫のような目をして言った。

「おはぎ、さっき、すごいがっかりした顔しただろう。伊佐兄に振られたのか？」

楽しそうな顔だ。幹太が猫だったら、つかまえた蟬を前脚でひょいと引っかけ、宙に飛ばして遊ぶのだろう。

「振られたとか、そういうことじゃないんです」

「お絹ちゃんもこの頃、来なくなったしなぁ。伊佐兄はやっぱり女嫌いなんだよ」

小萩ははっとした。

そうだ、お絹だ。どうしてお絹のことを忘れていたのだろう。伊佐はお絹が好きで、だから小萩のことは頭にない。そうに違いない。

急に涙が出て来た。

「私のことは構わないでください」

「おはぎ、なんで泣くんだよ。おいら、そんなにひどいこと言った？　ごめん。悪かった」

幹太が必死で謝っている。

「うん。大丈夫。幹太さんのせいじゃないから。ちょっと目にゴミが入って」

帰る日は四日後に迫っている。

もう小萩は何が何だか分からなくなってしまった。

翌朝、見世の前には昨日の子らより年かさの十四、五歳の少年が三人来ていた。

「昨日来た者の話ではだいぶん忙しそうなので、おいらたちが行けと親方に言われました」

背の高い少年が答える。

「ありゃあ、飯を食いに来たんだよ」

留助がにやにやと笑いながら小萩に言った。

「昨日の二人が帰ってしゃべっちまったんだろう。それで、年かさの奴が出て来た。今日はどんぶり三杯じゃあ、きかねぇぞ。ただし、働く気はねぇな。ここで休む気だ」

言った通りで、ご飯も汁も倍にしたが、きれいに食べ、しかし働かない。小萩が洗い物を頼んだら「なんだ、この見世じゃあ、女が男に指図するのか」と聞こえよがしに文句を言われた。職人というほどの腕もなく、体ばかり大きいので始末に困る。

伊勢松坂に戻って何か言われても困るので我慢したが、腹の立つことこの上ない。

そうこうしているうちに、松兵衛がやってきた。

「いやあ、昨日の羊羹の案はよかった。それで、今日、一人連れて来たんですよ。これは由助《よしすけ》と言って、うちの職人の中でもぴか一。腕が立つ。この男に任せれば安心だ」

由助は頬がそげたようにやせた唇の薄い、目の鋭い男だった。由助がきろりと三人に目をやると、三人はこそこそと井戸端へ姿を消した。

「さあて、何から始めようか」

松兵衛が大きな声を出した。見ると、松兵衛と由助が伊勢松坂の前掛けをしめてかまどの前に立っている。

「では、申し訳ありません。二十一屋の方々はいつものようにお仕事をされてください。私は羊羹に取り掛かります。鍋などお借りしてもよいでしょうか」

「いや、それは」と言ったまま、徹次は言葉が出ない。お福は目を吊り上げた。仕事場は職人の城。いくら伊勢松坂が大店とはいえ、勝手に乗り込んできて場所を空けろとはあまりに無礼ではないか。

思いがけない展開にさすがのお福も言葉が出ず、一瞬間が空いた。その間が承諾の意味にとられた。

「では、流し合わせに致しましょう。私につくらせていただけますか？　お手伝いは伊佐さんで」

由助は落ち着いた様子で指示を出す。これで流れが決まった。今や中心にいるのは由助である。

手際よく白と紅色二色の羊羹を流し合わせにすると、その上に細筆で三味線を描いた。正確で緻密なみごとな筆さばきである。

機嫌を悪くしていた徹次だが、思わず感嘆の声をあげた。松兵衛もやって来て、「おお、いいなぁ。江戸らしい」と喜んだ。

「しかし、この程度ならだれでもできる。由助、お前でなくてはできないところを見せてやれ。そうだな、人物を入れたらどうか」

伊佐に紙と筆を持ってこさせると、松兵衛は三味線を抱えた芸者の姿を描いた。松兵衛の絵はお世辞にもうまいとは言えないが、言わんとするところは分かる。

由助の指図で徹次と伊佐が新しい羊羹を用意する。

「親方、芸者と三味線はどうおきますか？」由助が松兵衛にたずねる。

「そうだな。芸者は影絵のようにし、三味線がはっきり見えるようにしたらどうだ」

松兵衛が答える。徹次が口をはさむ余地はない。

羊羹が固まるのを待つ間、小萩はお福に言われて芋をふかした。

「おやつにしましょう。みなさんで、どうぞ」

外で掃除をしていた三人にも声をかけると、顔がほころんだ。仕事場に来て皿の周りに集まった。

「ありがとうございます。けれど、私どもは結構です」

由助の言葉に三人は伸ばしかけた手を引っ込めた。

「仕事中に何か食べると、その味が口に残って正しい判断ができなくなります。だから、伊勢松坂では間食はいたしません」

「おや、そうかい。それで、ご飯も一膳なんだね？」

お福は少しとげのある言い方をした。

「飯は食べ過ぎると眠くなり、動くのが面倒になります。もともと人はそんなにたくさん食べなくても、大丈夫なのです。余分に食べれば、手間もかかるし、かかりもする。無駄は慎むべきです。私はそう教わりましたし、若い者にもそのように教えています」

由助がやせているのは、そもそも食べる量が少ないからだということが分かった。小萩がちらっと三人を見ると情けないような悲しいような顔をしている。

「だいたいこっちは手が足りているんだから、朝から三人も来ることないんだよなぁ」

留助が独り言のように言った。

「そうですか。昨日来た者たちが大変忙しかったと言っていたそうなので、一人増やしたのですが、必要なかったですね。それなら、岩造《いわぞう》」

呼ばれた少年ははっと顔をあげた。ほかの二人は、顔を伏せている。

「お前は私といっしょに、菓子比べが終わるまでこちらでお世話になりましょう。見世の方の言うことをよく聞いて、務めなさい。あとで伊勢松坂はこの程度などと笑われないように。あとの二人は帰ってよろしい」

「はい」

三人は声をそろえて返事をした。二人はすぐさま見世に戻る用意をはじめ、残った岩造は肩を落としてしょげている。

羊羹に芸者と三味線を描き終わった頃、また、松兵衛が顔を出した。

「おお、いいなぁ。これぞ、江戸の菓子。京の連中に泡をふかせてやる。よし、もう一つ、盛ろう。脇のところに、絵を入れられないか？　この菓子の周りにぐるっとね」

松兵衛はしわの多い指で菓子の周りをなぞった。

「羊羹はつくり直しかぁ」

留助が独り言のようにつぶやいた。最初に言ってもらえば、余分につくっておいたのにという心の声が聞こえてきそうだ。仏頂面の留助の脇で、由助はこんなことはしょっちゅうですとでも言うように落ち着き払っている。

「どっかで見たようなもんじゃあ、誰も驚かねぇ。江戸の菓子は細かすぎる？　説明が多い？ これみよがしに技を見せる？ 上等じゃないか。とことん細かく、説明して、技をぶち込んでやれ」

松兵衛はいいことを思いついたと膝を打った。

「謎かけ文字にしよう。洒落っていうのかな、言葉遊びは江戸のものだろう。よきこと聞く。斧琴菊だ。どうだ。これぞ江戸っ子って菓子になるだろう」

「少し大きくつくってもよいでしょうか」

「かまわねぇ。二、三人分にして切って食べてもらうか」

「それじゃ、婚礼の引き菓子だ。上生菓子にしたら、少し大きくはねぇですかい」

徹次が意見をさしはさむ。

「そうかい？ わしはいいと思うけどなぁ」

いずれにしろ、この場を仕切るのは松兵衛である。由助は松兵衛以外の意見を聞く耳を持たない。

松兵衛は見世に帰るつもりはないらしく、仕事場の隅に陣取っている。お福が話し相手になった。

「お福さん、久しぶりだねぇ。あんたと会うのは、もうかれこれ二十年、いや三十年ぶりか。お互い年をとるわけだ」

松兵衛は菓子屋仲間のあれこれ、小豆の相場、ご贔屓の歌舞伎役者のことなど話が尽きることがない。しかもその間にもあたりへの目配りは怠らず、岩造に向かって「ほら、岩。そこに豆が一つ、落ちているだろう。何で拾わねぇ。そういう風にぼんやりしているから、お前は何年経っても使えねぇんだ」などと怒る。こうなると、もう、どこの見世だか分からない。

いい加減、我慢もつきたのだろう。お福は小萩の手を取って立ち上がった。

「そうだ。お届けものがあったんだ。この子を連れて出るからね。留助、番を頼むよ」

見世を出た途端、お福は大きく息を吸った。

「まったく、なんだよ。調子づいてさ。うまくいったら手柄は自分のもの。うまくいかなかったらこっちのせいにしようって魂胆だよ。昔っから、そういう知恵だけは回るんだ」

「昔なじみなんですか？」

「なじみでも、なんでもないよ。あんな男。あたしが両国の料理屋で働いていた頃、よくお客に来ていた。嫁さんにしてやるよなんて、誰かれかまわず女中に声をかけるんで有名だった。外では威張るけど、家に帰るとおっかさんの言うまま。だらしがないんだから」

そのおっかさんは喜寿を迎えてますます元気で、見世の采配をふっているらしい。それにしてもお福も昔、松兵衛に声をかけられたクチだろうか。

「まあね。でも、二人きりでお茶一杯飲んだことはないよ。その頃はもう、弥兵衛さんと知り合っていたからね。あの頃の弥兵衛さんは、今の幹太をもっと大人っぽく、いい男にした感じだった。いろいろ熱心に言ってくれたけど、なにしろ年が違うからねぇ」

「いくつだったんですか？」

「十九と二十五」

「それぐらいの年の差のある夫婦、たくさんいますよ」

ふふ、とお福が笑ったので思い出した。年上なのはお福の方だ。しかも六歳。二十五なら年増どころか、子供が二、三人いてもおかしくない年ごろだ。だがお福は、愛嬌のある下がり目で笑うとえくぼが出来る。かわいらしくて、かしこくて、しかも度胸がある。弥兵衛だけでなく、夢中になった男は多かったに違いない。

道の先に人だかりができていた。瓦版売りが声を張り上げている。

「さぁ、三日ののちの菓子比べ。因縁の対決だよ。京菓子か、江戸の菓子屋か。今年一番の大勝負だ」

「嫌だ。噂になっているよ」

お福と小萩は思わず駆け寄った。

「京菓子を応援するのは、意休こと、京下りの薬種問屋で茶人の赤猪。対するは、花川戸助六こと白笛。江戸の札差だ。角突《つの》き合わせている二人だが、そもそも、ことのおこりは吉原の傾城《けいせい》揚巻《あげまき》こと春霞《はるがすみ》。この春霞を取り合って、赤猪と白笛はぶつかった。この勝負、白笛が春霞をひかせて、白の勝ち。赤だって負けっぱなしじゃいらんねぇや。今度こそって、果たし状をつきつけた」

「そういうことだったんですか？」

「いちいち瓦版の話を信じる者があるかい。面白おかしく話をつくるんだ。一枚買っておいで」

財布から小銭を出して渡した。瓦版はざらざらの質の悪い紙に、墨一色の刷り物だ。二人の絵姿は歌舞伎十八番『助六由縁江戸桜』にことよせてある。助六の物語は、若くて二枚目の助六が主人公で、花魁の揚巻という恋人がいる。その揚巻に悪役の意休が横恋慕。しかも意休が隠し持つ刀を助六が取り返すという企みがあり……というものだ。瓦版では白笛は助六の役回りで、お決まりの黒の着物の着流しに額にはちまき。赤猪は悪役の意休よろしく、見るからに憎らしい白髪のひひじじいに描かれている。

「ここまでひどく描かれると赤猪様が少しかわいそうですよ。白笛様もいい男すぎます」

朝茶事で見かけた赤猪は七福神の福禄寿のように頭が長く、福々しいお大尽風の男であった。対する白笛はやせていて広い額の学者風の風貌。良い感じの人ではあったが、色男というのとは少し違う。

「江戸っ子は白笛贔屓なんだよ。だけど、これで松兵衛がなんであんなに張り切るか、合点がいったよ。白が勝てば、この菓子を考えたのはじつは、自分のところでございましたと言うわけか。まぁ、張り切り過ぎなきゃいいけどねぇ。あの男は何か思いつくと、あさっての方角にいってしまうんだよ」

見世に戻ってみると、みごとあさっての方角に走った菓子が出来ていた。

菓子皿からあふれるほどの大きな菓子の中央には芸者の舞姿があり、その脇には三味線をつまびく男の姿。背景は亀甲《きっこう》模様で、周囲をぐるりと斧琴菊が囲んでいる。

芸者の顔立ちは美しく、かんざしや着物の柄まできちんと描き込まれている。

すばらしい技だ。

だが、これは食べ物か？　あまりおいしそうに見えない。

「これこそ江戸の粋だよ。『奏』というお題にも合っている」

松兵衛はご満悦だが、徹次は渋い顔である。留助も伊佐も目をそらしている。幹太はちらりと見た途端、「なんだ、あの手ぬぐいみたいな菓子」とつぶやいて二階に上がってしまった。

小萩は袂《たもと》に先ほどの瓦版があることを思い出した。

「おかみさん。さっきの瓦版、皆さんに見せましょうか？」

「ああ。そうだ。そうしておくれ。菓子比べはもう、大変な評判になっている」

松兵衛に手渡すと、「おお、こりゃ、すごい」と喜んでいる。

お福も無邪気な声をあげた。

「この菓子で勝ったら、二十一屋の名前が瓦版に載るんだろうねぇ。いい宣伝になるから
こっちはありがたいけど、考えたのも、つくったのも伊勢松坂さんだ。なんだか悪いねぇ。

手柄を横取りするみたいでさ」

松兵衛はたちまち困った顔になった。

「ああ、お福さん。分かった、分かった。確かにあんたの言う通りだ。見世に戻ってお袋
にどうするか相談してみるよ」

もう老人といっていい年の松兵衛だが、母親に頭が上がらないというのは本当らしい。

それを聞いて由助は帰り支度を始めた。

二

てっきり自分の見世の名前で出すと言うと思っていたら、翌日松兵衛は断りを入れた。

「お袋に相談したらさ、牡丹堂っていうのは白笛様のご指名なんだからこっちの名前を出すのはまずいって言うんだよ」

松兵衛は残念そうにしている。

由助は当たり前のような顔をして今日も仕事場に立ち、岩造は水汲みを始めた。徹次は奥歯を噛んでいる。

やり取りを陰で聞いていた弥兵衛が小萩をそっと呼んだ。

「なんか、裏がありそうだなぁ。ちょいと、東野若紫に行って菓子を買ってこい。適当な理由をつけて上生を一通り全部。そいで、何か変わったことがないか、店の様子も見てこい」

小萩は金をもらって駿河町通《するがちょうどおり》の東野若紫に向かった。京風の格子のある立派な見世だが、たしかにお客の数は少なく閑散としている。以前は注文の菓子を入れる通い函《ばこ》が奥の方にずらりと並んでいたが、それも二つ三つ、見えるきりだ。

「上生を、今あるものだけでいいので、一通り全部いただけませんか？　甘い物好きのお客様がいらしたんです」

手代に注文した。

待っていると、背の高い白髪の男が声をかけてきた。面長《おもなが》の品のいい顔立ちで、手代が着るような紺の細い縞の木綿の着物を着ていた。

「女中はん、全部いうたら結構重たなるけど、どうもあらへんか？」

古株の番頭か、おっとりとした京ことばでたずねた。

「はい。毎日、水汲みしていますから、重い物は平気です。お客様は上方の方で、東野若紫のお菓子がお好きなんだそうです」

「そら、おおきに。どこがお気に召したんやろ」

「東野若紫さんの紅色はかわいらしくて、それでいて色気があるとおっしゃっていました。この色は東野若紫さんでなければ出せない色だって」

「うれしいこと、言うてくれはるなぁ」

目を細めてうれしそうに笑う。子供のように無邪気な表情だったので、小萩は余計なことを言った。

「とくに水藻《みなも》の玉の紅色はきれいでした」

ふっと男の顔から笑顔が消えた。

「水藻の玉いうたら、特別なお客はんだけにつくる菓子や。なんで、あんたはんがあの菓子のこと知ったはるのや？」

小萩はしゃべり過ぎたと思った。

「すみません、お客様の受け売りです。私は知りません。知ったかぶりをしました」

菓子を受け取り、急いで見世に戻った。

弥兵衛が待っていた奥の座敷で菓子を広げた。見た途端、顔色が変わった。

「わしが呼んでいると徹次に伝えろ。松兵衛には気づかれないようにな、そっとだぞ」

座敷に入って来た徹次は菓子を見るなり、うなった。

「色が変わりやしたね。形もだ」

名残《なごり》の紅葉、雪をかぶった菊の花、松の緑、雪景色、淋しい枯野。以前から色がきれいだとは思っていたが、今、目の前にあるお菓子はなお一層美しい。ことに紅色のあでやかさは際立っていた。

「伊勢松坂が自分のところの名前を出さねえのは、わけがあるとは思ってたけどな。東野若紫は京の本店から職人を呼んだのかもしれんな。小萩、そういう人間を見かけなかったか」

「番頭さんらしい品のいい男の人に声をかけられました。面長で白い髪で背が高くて、手代が着るような紺の着物を着ていました」

「ああ、そりゃ東野若紫の当主の源右衛門《げんえもん》に違いない。近衛門の腹違いの兄だ。見世に出る時はお客より上等な着物を着てはならないという家訓を守っているんだな。しかしなぁ、当主が来たっていうと、ちょいと厄介だぞ。おい、どうする」

二人が首をひねっていると、障子が開いてお福が顔を出した。

「白笛様がお見えになりました」

入り口には穏やかな目をした白笛の姿があった。

「進み具合はどうかな。そろそろ菓子を見せてもらいたいと思ってね。話だけで、見本ひとつ持ってこないから、しびれをきらせて来てしまったよ」

奥の座敷に通し、松兵衛と徹次が応対し、小萩が菓子を持って行った。

「江戸の粋を盛り込んだものです。江戸の色、風物、言葉遊びを繊細な技で表しました」

松兵衛の言葉をさえぎって、白笛がたずねた。

「菓子比べにこの菓子を出そうというわけではないだろうね。聞いてた話とはずいぶん違うようだが」

松兵衛は何か問題があるのだろうかと、きょとんとしている。

「茶席でこれをどう食べさせようというのかい。切ってしまったら、絵柄もばらばらになる。割れた茶碗を金で継いで、それが景色になって面白いということもあるが、これにはそうした仕掛けもない」

松兵衛は顔を真っ赤にして、畳に頭をすりつけた。

「申し訳ございません」

次の瞬間、顔をあげると徹次をにらんだ。

「だから、最初から、これは大きすぎると言ったではないか。私の言うことを聞かないからこういうことになるのだ。二十一屋には任せておけないとやって来たが、やはり手遅れであったか」

大げさな態度で嘆いた。徹次の目が三角になったが、さすがに我慢をしている。白笛はあきれたような顔をして、座っていた。

「もう、分かった。とにかく、違う菓子を用意してくれ。最初から言っているではないか。私が牡丹堂を指名したのは花の王が見たいからだ。どうしてそれを出してくれない」

「花の王がお望みなんですか？」

徹次の目が大きく見開かれた。

「そうだ。だから牡丹堂なのだ。聞いてなかったのか？『奏』というお題を聞いた時にすぐ花の王のことを思い出した。牡丹の花が優雅に風に揺れている風情《ふぜい》を映した菓子と聞いている。天上の音楽が聴こえた気がしたという人もいる。あるはずのない風や楽の音を感じさせる菓子とは、いかなるものか。まこと、『奏』というお題にふさわしい菓子ではないか」

松兵衛が困ったような顔をして、徹次を見た。

「しかし、あの菓子は三十五年前に一度つくったきりですから。今、できますかどうか」

徹次が低い声で答えた。

「知っている。船井屋本店の先代とともに弥兵衛が考案し、たった一度茶会に使い、それきり封印した。よその茶会で使わないという約束だったのかもしれないが、船井屋本店も今は三代目が仕切っている。もうよいではないか。まぼろしの菓子を私は見たい。ほかの茶人たちもそう思っているはずだ」

小萩はそっと徹次の顔を見た。渋い顔をしている。

「弥兵衛しかつくれねぇ菓子ですから」

「東野若紫は江戸の見世を立て直すために、京から当主が一番の職人を連れて来ている。室町から続く京菓子の技を披露するそうだ。赤猪さんもそれを知っていて、この勝負を思いついたのかもしれない。だから、こちらもいい加減なものは出せない。相手に失礼ではないか」

沈黙が流れた。

「わかりやした。弥兵衛と相談してみます」

徹次が言うと、白笛は帰って行った。

「先にちゃんと言わなくて悪かったねぇ。だけどさ、花の王はもう二度とつくらないことになってると聞いてな。だからさ、うちと船井屋さんで相談して違うものを考えようということになった。あの人たちが、あんなに花の王にこだわっているとは思わなかったんだよ」

松兵衛は言い訳し、由吉と岩造を連れて戻っていった。

徹次が仕事場に戻ると、弥兵衛がそっと入って来た。

「お願い出来やすか？」

申し訳なさそうに徹次がたずねる。

「仕方ねぇよ。つくろう。お福には私から伝えておく」

二人は低い声で何か話をしている。聞いてはいけないことのような気がして、小萩はそっと仕事場を出た。

小萩が井戸端に行くと、お絹が待っていた。

「久しぶり。お見世、忙しかった？」

「それもあるけど」

お絹はのどに何か詰まったような顔をしている。

「あのね、あたし、お嫁に行くことにしたの。だから今日でお見世を辞めるの」

お絹は早口で言った。

「ほんとに？」

「こんな話、嘘を言っても仕方ない」

「いつ決まったの？」

「十日ほど前。こういうことは決まる時は早いのよ。年明けたら、すぐ祝言なの。大家さんの知り合いの人でね、お豆腐屋さん。年もちょうどいいし、まだ先だけれど、のれん分けも許してもらえる。おとっつぁんが会ったけれど、いい人らしい」

お絹がさばさばとした調子で言うので、小萩は「それでいいの？」という言葉を飲み込んだ。

「今まで、仲良くしてくれてありがとう。これ、借りていた読み本」

手渡された読み本には、どんぐりを布でくるんだ手作りの根付が添えられていた。そのまま帰ろうとするお絹を呼び止めた。

「ちょっと待って、今、伊佐さん、呼んでくるから」

「いいわよ」

「よくない。このまま、何にも言わないで帰るなんて、だめ。伊佐さんも淋しがる」

小萩が仕事場に行くと、伊佐と留助が最中を仕上げていた。

「お絹ちゃんが裏に来ています。今日で、お見世を辞めるそうです」

伊佐は一瞬、ぽかんと不思議そうな顔をした。

「お嫁に行くんです」

伊佐は素早く立ち上がり、井戸端に向かった。お絹は伊佐の顔を見るとぺこりと頭を下げた。

「そういうことになりました。今まで、ありがとうございました」

伊佐の顔に淋しそうな影がよぎり、「そうか、よかったな」と言った。

お絹が「ふふ」と笑うと、伊佐も口の端で笑った。それから二人はしばらく見つめ合った。二人だけに通じる何かがあるような気がして、小萩はその場を離れた。

表通りに出ると、たくさんの人が行き交っていた。冬空は明るく晴れて、刷毛《はけ》ではいたような雲が浮かんでいた。

伊佐の心にいたのは、お絹だったのだ。

小萩ではなく。

そんなこと、最初から分かっていたのに。

あの日の伊佐は動転していて、普通ではなかった。たまたま傍《そば》にいたのが小萩だった。

考えてみれば、何があったわけでもないのだ。小萩の手は温かいと言われて喜んだけれど、それだって普通のことだ。好きな男の人と手をつないだりしたことがなかったら、何か意味があるような気がしただけだ。

もう、伊佐のことを考えるのはやめよう。

苦しくなるばかりだから。

小萩はぐっとお腹に力を入れた。

仕事場では弥兵衛を中心に徹次や留助、伊佐が集まって、花の王をつくる段取りをしている。井戸端に行って洗い物をしていると、幹太がふらりと姿を現した。

「おはぎはいつまで、こっちにいるんだっけ」

「あと、三日」

「すぐじゃねぇか。帰ったら、どうするんだ?」

「別に。おかあちゃんといっしょに家の仕事をする」

「なんだよ。せっかく日本橋まで来たのに、それか」

「でも、いろいろ勉強になった。いろんな人に会ったし」

「そっか。それじゃあ、まぁ、よかったな」

小萩が二十一屋に来たのは庭の梅の木が最初の花をつけた頃だった。今はまだ、つぼみも見えない。

「はさみ菊つくりてぇんだろ。教えてやるよ」

幹太は仕事場から白と紅色の煉り切り生地を持って来た。最初に紅色を丸め、それに白を重ねて丸めると、手の平にのせた。

「まず、中心を決める」

頂点を棒で押して丸いへこみをつくった。

「ここがしべになる。この周りをぐるっと囲むように十八回、はさみで切り込みを入れる」

幹太は和ばさみで器用に切り込みを入れた。もう一度、中心を棒で押すと、小さな花びらができた。

「次の列は上の花びらの間を切る。花弁を少し大きくするのがコツだ。その次も花びらの間を切る。これを繰り返す」

等間隔で均等にはさみを下まで入れると、丸いかわいらしい菊が出来た。ひとつひとつの小さな花びらは紅色のぼかしがはいっている。

この菓子が自分を江戸に連れて来たのだ。小萩ははさみ菊の可憐な姿をながめた。

「何年か前、お客さんがこのお菓子を江戸の土産だと言って持って来てくれたんだ。お饅頭や羊羹なら見たことがあったけれど、きれいな上生菓子は初めてだったから本当にびっくりした」

江戸から丸一日、馬に揺られてきたのではさみ菊の花びらは乱れ、先の方は少し乾いて反り返っていた。だが、田舎の菓子屋で売っている饅頭や婚礼の引き菓子しか知らない小萩は、繊細な色や姿に息を飲んだ。小さく切って少しずつ家族で食べた、そのおいしさにも驚いた。

――これが江戸の菓子？　江戸にはこういうお菓子がたくさんあるの？

――そうだよ。こういうきれいでおいしい菓子を売っている見世がたくさんあるんだ。

小萩はいつか江戸に行って、そういう菓子を見たいと思った。そこで働いて、自分でもつくりたい。小萩の夢はどんどん広がった。

「それで、うちに来たのか。教えてやるから、つくってみな」

幹太は煉り切りの生地を小萩の手にのせた。

教えられたようにあんを包み、はさみで切り込みを入れる。たちまち列は乱れ、花びらの大きさもばらばらになった。一列目は十八回と言われたのに、十五回しかはさみを入れられなかったし、二列目、三列目となると、どこを切っているのかすら分からなくなった。

「ぶきっちょだなあ」

幹太が遠慮のない声で笑った。

「ほかのことを考えたらだめだ。とにかく、指先だけに集中するんだ」

何度かやり直して、なんとか形になった。

「こんなの慣れだよ。何回もつくれば、そのうちうまく出来るようになる」

けれど、小萩にはもうその時間が残されていない。恨めしい気持ちではさみ菊をながめた。

「また、こっちに来ればいいじゃねぇか。はさみ菊をつくりたいんだろ。あんこが丸められるようになって、これからいろいろ教わるところなのにさ。もったいねぇよ」

一年だけだぞと言った幸吉の顔が浮かんだ。

一つ違いの姉のお鶴は来年、祝言をするという。小萩は十六。そろそろ嫁入りの話が出てもおかしくない年ごろだ。

もう一年、江戸にいたいと言ったら、幸吉はどんな顔をするだろう。

小萩は暗い気持ちになった。

急に黙ってしまった小萩を気遣うように、幹太はしゃべり始めた。

「まぁな。菓子をつくるのは、おいら五つ、六つの時からやっているからね。はさみ菊はおっかさんに教わったんだ。上手にできると褒めてくれるから、褒められたくて一生懸命練習した。菓子職人は男が多いけど、女だって職人になれるんだぜ」

そうだと言って、幹太は大きく手を打った。

「菓子をつくろうぜ。おはぎは以前つくった錦玉《きんぎょく》にしろ」

「あれは、夏の菓子よ」

「いいじゃねぇか。きれいな色だった。あんこ多くしてさ、まわりだけ錦玉。そうすりゃ、冬っぽくなる」

幹太の発想は相変わらず自由だ。いずれにしろ見世で売る菓子ではない。自分のために楽しんでつくる菓子なのだ。好きなものを好きなようにすればいい。

「前つくったのは夏の朝焼けだったから、今度は冬の朝焼けにしようかな」

「よし、決まった」

幹太は仕事場から道具を持ち出して縁側に広げた。

小萩はふるさとの海の朝焼けを思い浮かべた。鈍色《にびいろ》の海に太陽が顔を出すと、海は深紅に染まり、空も、雲も紅、黄、青に輝く。ほんの一瞬、天地が華やかな色の饗宴となる。

江戸の海は内海だから、眠っているように静かでやさしい顔をしている。だが、小萩のふるさとの海はもっと荒々しく、磯の香も強かった。風が強い日は高い波が砂浜をたたき、夏の日差しはつぶてのように肌を打ち、冬は冷たい氷雨《ひさめ》が頬に突き刺さる。

小萩にとっての海は、穏やかなばかりではない、時に恐ろしい力をみせるものだ。だから日本橋に来たばかりの頃、江戸の海が穏やかすぎて物足りなかった。風の強い、大粒の雨が降っている日に、わざわざ海を見に行ったことがある。白い雨あしに抗《あらが》うように大きくうねる海を見ていたら、なんだか気持ちが安らいだ。

朝焼けの海を菓子にするなら、そういう風景を描きたい。

小萩は白あんを紅で染めた。黄を加える。

紅や黄、青や白や紫に染めたあんを糸のように細くのばし、ねじりながらより合わせて型に置き、透明な錦玉を流すつもりだ。少しの加減で色が変わる。思い浮かべた色を指先に伝えるのは難しい。つかまえようとすると、するすると逃げていく。小萩は夢中になった。

はっと気づくと、幹太に呼ばれていた。

「夢中になると気がつかないんだな」

「ごめんなさい」

「いいよ。いい感じになったじゃないか。ここに錦玉を流すか」

小萩は首を傾げた。

「でも、なんだか違う」

「どんなところが？」

「田舎の海は荒くて、黒いごつごつした岩に波がざぶん、ざぶんとぶつかる。波がくだけて、白い泡になって飛び散る。目の前の海は暗くて恐ろしいけれど、空は明るく華やかでお祭りのよう」

幹太はこしあんに引っ掻いたような模様をつけておいた。

「こんな感じか？」

さらに蜜付けの小豆を持って来てあんにのせた。

「こうすると、岩っぽいだろう？」

それを型の下において薄墨色の錦玉液を流した。少し固まったところで色をつけたあんをのせて、今度は透明な錦玉液を流した。

それから二人で錦玉が固まるまで縁側で待った。

「おはぎ、ぶきっちょなのは気にするな。じいちゃんがいつも言っている。ぶきっちょな奴は人の二倍、三倍練習するからいいんだって。おいらみたいに小器用なのは、中途半端なところで満足しちまうから大成しないいって」

「そんなこと、ないでしょう。だって、幹太さんのつくる菓子は粋だもの。すぐ分かる」

へへ、と幹太は照れた。

同じように見える大福や生菓子でも、この頃、小萩は誰がつくったものか分かるようになった。徹次のものは角がすぱりと決まって狂いがない。へらで入れた筋に勢いがある。伊佐は真面目につくってあるが、どこか固く余裕が感じられない。余裕があり過ぎるのが留助で、時々徹次に叱られている。幹太は無心だ。上手につくろうとか、いい形にしようとかまったく思っていないらしい素直な感じが出ている。

「まだ、見世のこと、嫌い？」

「そうでもないな。この頃は、菓子屋を継いでもいいと思っている」

「それを聞いたら、おかみさんが喜ぶわ」

「よく考えたらさ、おいら菓子屋の仕事なら一通りは出来るんだぜ。他の仕事についたら、また、一から覚えなくちゃなんねぇ。大変だよ。それにさ、伊勢松坂から来てた小僧の様子見たら、もうがっかりだ。やっぱり、親の見世にいるのは楽だな」

口では悪ぶっているが、幹太なりに見世のことを大切に思っているに違いない。

錦玉が固まったので、そっと型から取り出した。

暗い海と対照的な明るい空が小さな菓子の中に描かれていた。小萩の仕事だから稚拙なところがあるが、それが荒々しい海の朝焼けの様に合っていた。小萩の考えを上手にまとめてくれた幹太の力も大きい。

「結構、よく出来たな。あとでじいちゃんに見せよう」

幹太は菓子箱にきれいに並べた。


仕事場に戻ると、前掛けをかけた弥兵衛がいて、留助が山芋をすりおろし、伊佐が白こしあんに卵黄を混ぜて黄身あんをつくっていた。花の王は白あんに山芋を加えた薯蕷《じょうよ》煉り切りの菓子だ。薯蕷煉り切りは品のいい山芋の香りと、さえざえとした白さが特徴だ。

弥兵衛は慣れた手つきで生地を紅色に染めた。黄身あんを丸め、紅と白の生地で包み、はさみを入れ始めた。

「花の王は牡丹の別名だ。この菓子ははさみ菊の応用だが、花びらをもちっと大きくする」

ぐいとしべの部分をへらで押すと、はさみを入れた種は立ち上がり、牡丹の花びらのようになった。白生地に下の紅が透けて、紅のぼかしになる。

「わしが船井屋本店にいた時のことだ。突然、初代当主が倒れて口もきけない。まだ若旦那だった庄左衛門さんと二人で、茶席菓子をつくることになった。船井屋本店には名のある茶人の注文が入る。今までにないもの、人が見たことのないもの、驚くようなものをつくりたいって夢中になって、どんどん細工が細かくなった。ある時なんざ、手の平にのるような茶室をつくった。ちゃんとにじり口もつけてね、中がのぞけるようになっている。炉が切ってあって軸も花もおいた。得意になって見本を持って行ったら、こんなもの食えるかって怒鳴られた」

弥兵衛は声をあげて笑った。

「食べようとすると屋根や壁がぽろぽろこぼれて、膝や畳に落ちるんだ。飾っておくならいいけど、あんなもの食べたってうまくないやね。一生懸命になり過ぎると、そんなことも忘れちまうんだな。それからは、引き算だよ。余分なものをどんどん削っていった。だけど、禅画みたいなゆるやかな線にすると、京菓子になっちまうだろう。江戸の菓子はどこかきりっとしてなくちゃいけない。そこが塩梅《あんばい》だな」

五つばかりの花の王が並んだ。

小さな花びらが整然と重なりあっている。だが、よく見れば、風にそよぐように揺れ、わずかに乱れている。そこには日の光や風がある。生き生きとしてかわいらしい、少しやんちゃな牡丹の花だ。

「お前らもやってみろ。コツさえつかめば難しいもんじゃねぇ」

徹次に続いて、伊佐が、留助、幹太が手を伸ばした。それぞれが指先に集中している。

声もない、張り詰めたような空気が流れていた。

気づくとお福が小萩の隣に座っていた。

「花の王をつくるんだって？　見に来たよ」

「すみません。そういうことになりやした」

徹次が頭を下げた。

「謝ることなんか、ない。あたしも初めて見るんだ」

お福は黙ってみんなの手の動きを見つめていた。小萩が気づくと、静かに涙をぬぐっている。

弥兵衛が茶席菓子をつくるのに夢中になって、子供の死に目に会えなかったという菓子は、この花の王なのだ。

一点の濁りもなくまっさらな白生地に、華やかで明るい紅色が透ける。

「あの子の名前、花太郎《はなたろう》と言ったんだよ」

お福はつぶやいた。傍《かたわ》らの小萩にだけ聞こえるような小さな声だった。

「娘の名前にお花はあるけれど、息子に花の字を使うなんて聞いたことがない。そしたら、弥兵衛さんが言った。いいじゃないか。花の季節に生まれたんだ。人を喜ばせ、楽しませるのが花だ。菓子職人にふさわしい名前だって」

涙がひとしずく膝に落ちた。

「長男だもの。弥兵衛さんは花太郎のことがうれしくて、かわいくて仕方がなかった。だからあの子が死んだ時、苦しんだ。自分を責めた。あたしが泣いて怒ったってあの人は言うけど、一番、悔しくて悲しかったのは弥兵衛さんだ」

葬式を出すと、すぐ今まで通りに仕事に戻った。辛いことから逃げるように必死で働いた。そのうちに、弥兵衛の様子がおかしくなった。

普通に話をしているのに涙が止まらなくなった。笑っているのに、泣いている。そのうちに朝起きられなくなり、見世にも行けなくなった。

「庄左衛門さんが心配して、何度も家に来てくれた。立ち直るまで何年でも待っているから、ゆっくり休んでくれ。金の心配はするなって言ってくれた。だけど、ほかの人の手前もあるだろう。それで、見世を辞めることにした。その時、庄左衛門さんが言ったんだ。花の王は弥兵衛さんが考えた菓子だ。弥兵衛さんに差し上げる。船井屋本店ではつくりませんって」

結局、その後、花の王は一度もつくられることがなく、まぼろしの菓子となった。

「長い暗闇を歩いているようだったけど、少しずつ、あの人も元気を取り戻した。ある日、あたしに言ったんだ。俺はやっぱり、菓子が好きだ。つくりたいって。そうなんだよ。あの人は人生の丸ごと全部を菓子に注ぎ込んでいたんだ。それで二十一屋を始めた。あの子のことを忘れないように、のれんに牡丹の花を染め抜いた」

徹次が手を止めた。用意した薯蕷煉り切りの種が終わって、作業台の上いっぱいに牡丹の花が咲いていた。花びらは揺れて、音楽を奏でているようにも見える。「奏」というお題にふさわしい菓子だった。

弥兵衛は全身の力が抜けたように、よろよろとお福のそばに来て、床几に腰をおろした。肩で息をしている。

「きれいな菓子だねぇ」

お福が言った。

「そうかい」

「おいしそうだ。きっと、あの子も喜んでいるよ」

「どうだろうな」

「立派なおとうちゃんを自慢に思わない息子がいるもんか。弥兵衛さんは、間違っていないよ。ちゃんとやるべきことをやった。まっとうに一生懸命歩いてきた。しくじったりしていないよ」

「いや……」

何か言いかけた弥兵衛の手をお福がしっかりと握った。

「もういいよ。もう、何にも言わなくていいよ。お前さんは、人にはもう十分だって言うくせに、自分のことはいつまでも許せない。ずっと苦しんでいる。もう、しまいにしよう。あたしもそうするから」

弥兵衛は何も言わず、何度もうなずいた。

三

菓子比べの日が来た。

二十一屋の徹次と留助、伊佐、幹太、小萩の五人は早朝、霜崖の別邸に出かけた。前に来たことのある茶室を通り過ぎると、木立の向こうに数寄屋造りの母屋が見えた。

判定をくだすのは、江戸の主だった七人の茶人たちで、三々五々集まり、まずは懐石をいただき、霜崖が亭主となって茶会があり、舞が披露され一日を楽しむ。

その間、六軒の菓子屋は東西に分かれ、それぞれ与えられた水屋で菓子を用意する。

小萩は見慣れない箱が一つ混じっていることに気づいた。そっと蓋をずらすと、黄と青がちらりと見えた。中を確かめると、昨日、小萩と幹太が二人でつくった菓子が入っている。幹太の仕業《しわざ》に違いない。

「どうした？　何があったか」

伊佐がたずねた。

「何でもないです」

小萩はあわてて蓋をした。見つかったら叱られる。どこかに捨ててしまおうかと箱を持って水屋を出たが、適当な場所がない。うろうろしているうちに庭に出た。広縁に女が座っていた。

ひわ色の綸子《りんず》の着物に濃い紫の地に刺繍《ししゅう》の入った贅沢な打掛をしていた。まるで大名の奥方のように見える。けれど髪型も襟の抜き方も帯の締め方も、武家の女とはどこか違ったなまめかしさがある。

「何をしている。こちらにおいで」

細く長い指が優雅に揺れて手招きされた。

抗《あらが》うことのできない力のようなものがあって、小萩は吸い寄せられるように近づいた。

小さな顔に形のいい鼻とぽってりと厚みのある口があり、きつねのように目尻のあがった細い目をしている。肌は日に当たったことがないのではと思うほど、白く透き通っていた。黒々としてつやのある髪を大きく高く結い、何本もの櫛《くし》やかんざしで飾っている。

「何が入っているのかい？　見せてごらん」

小萩は箱の蓋を開いた。

「ほう。きれいな色だねぇ。これは菓子だろう」

女は懐紙を取り出すと、菓子を一つのせて、日に透かした。

「私のふるさとの海の朝焼けを思い出してつくりました。冬の海はこんな風に荒々しく、空にたくさんの色が出ます」

「そうか。ずっと昔、まだ、子供だった頃、こんな風景を見たような気がする。厳《おごそ》かで、怖いような、うれしいような不思議な気持ち。菓銘は何だい？」

小萩は少し考えて答えた。

「朝焼けです」

「菓銘に色気がないねぇ。せめて曙《あけぼの》としたらどうだい。ほら、橋姫《はしひめ》のかたしき衣さむしろに待つ夜むなしき宇治《うじ》の曙、なんて歌があるじゃないか」

女は和歌をそらんじた。

「必ず来るって約束したのに、恋しい人は来ない。とうとう朝になってしまったって歌だ。嫌われてしまったのだろうか、ほかに好きな女《ひと》が出来たんじゃないのかっていう不安な気持ちと、会ったらあんな話をしよう、こんなことも聞こうっていう甘やかな思いがない交ぜになっているような感じにも見えるよ」

同じ菓子でも人によって受け取り方が違う。小萩は思いがけない言葉に目をしばたたかせた。

「そうか。お前さんは、まだ、そんな思いをしたことがないか」

女が笑うと、狐の目が細く糸のようになった。紅を差した目元に匂うような色気がある。

「ここにいはりましたんか。あっちで白笛はんが待ったはりますえ」

見覚えのある長身で白髪の男がやって来た。東野若紫の当主の源右衛門だった。今日は黒紋付に羽織袴で正装している。とすれば、この女はかつて吉原一の傾城《けいせい》、今は白笛の愛妾の春霞《はるがすみ》か。

「この娘が菓子を持っていたので、見せてもらっていたんだよ」

「ほお」

源右衛門は穏やかな目で小萩を見た。

「前にいっぺん、店に来た人やな。二十一屋の女子衆《おなごし》か」

「はい」

「この菓子は誰がつくらはったんや？」

「私ともう一人でつくりました。稽古のつもりだったのですが、なぜかこちらに紛れ込んでおりました」

源右衛門は春霞から菓子を受け取ると、ゆっくりと眺めた。眼差《まなざ》しが鋭くなった。

「色の合わせ方が面白い。これは何を描いたんや？」

「私のふるさとの冬の朝の海です」

源右衛門はまだ菓子を見ている。小萩は恥ずかしくなって下を向いた。

「腕の方はまだまだやな。そやけど、筋は悪うない。菓子が好きか？　職人になりたいんか？」

源右衛門は小萩に向き直ってたずねた。人の心の中まで見通すようなまっすぐで強い目だった。思わず顔を伏せた。

「菓子は好きです。でも不器用だし、女だし、職人には向かないかもしれません」

「そう思うんなら、止めた方がええ。そんな簡単なものと違う。だけど、もう、この道しかない、自分はほんまにこの仕事で生きていくんやと思えるんやったら、不器用やろうが女子《おなご》やろうが、関係あらへん。言うても、わしのご託宣はあんまり当たらへんかもしれへんけど」

小萩ははっとして顔をあげた。源右衛門はやさしい目で見つめている。その顔がにじんで見えた。胸がどきどきして、足が震えてきた。そんなこと、今まで誰にも言われなかった。自分でもとうてい無理だと思っていた。でも、今日、初めてやってみればと言ってくれた人に会えた。しかも、その人は東野若紫の当主だ。

「ありがとうございます」

小萩は箱を抱えると、駆け出した。

水屋に戻ると、伊佐がいた。

「どこに行っていたんだ。どうした？　顔が真っ赤だぞ」

「うれしいんです」

「何だ？」

「なんでもないです」

裏手に回ると、幹太がいた。

「おはぎ、どうした？　泣いてんのか？」

「あのね。職人になってもいいって」

「はぁ？　誰が、そんなことを言った？」

「神様。お菓子の神様がね、今、降りて来て私にそう言ったの。もし、本気でやりたいなら、職人になりなさいって」

「へぇ？」

「だから、田舎のおとうちゃんやおかあちゃんに、もう少し、こっちに居させてくださいってお願いする」

「そうか。そうしろよ。よかったなぁ、おはぎ。お前、頑張っていたもん。ちゃんと神様が見ていてくれたんだよ」

小萩は空を見上げた。

江戸で菓子を見たいと言ったら、家族中が反対した。つくる人になりたいと言ったら笑われた。それでも縁があって、二十一屋に来た。でも、やっぱり、みんなは小萩の本気を信用せず、嫁に行った方がいいと言われた。

でも、今日、小萩は自分の道を見つけた。

前を向いて、胸を張って進んでいける。

私は私だ。

その時、広間の太鼓が鳴った。

いよいよ菓子比べが始まるらしい。

最初の菓子は饅頭だった。弥兵衛や徹次たちは水屋にこもっているが、小萩はお福と幹太とともに広間に続く廊下から中の様子をながめることが出来た。周りには江戸の菓子屋連中が集まっている。

先手は東の船井屋本店で新左衛門が口上を述べた。

「東の海に浮かぶ蓬萊《ほうらい》の山。古来、仙人が住むといわれる吉祥《きっしょう》の山でございます。その山にちなんだ薯蕷饅頭でございます。めでたい五色の色をかさねております。どうぞ、ご賞味くださいませ」

真っ白な饅頭を手で割ると、紅黄緑紫橙のあんが現れる。上等の白あんを染めたもので、華やかな姿と品のいい味わいがある。

七人の茶人は口々にその色の美しさ、味わいの深さをほめた。

後手は西の鶴屋高尾《つるやたかお》である。女中たちが蒸籠《せいろ》をのせた火鉢を茶人の前に並べた。

当主が口上を述べる。

「京は伏見の酒は天下一でございます。中でも一番といわれる酒蔵の酒粕でつくった酒饅頭です。丹波《たんば》大納言小豆のこしあんをていねいに炊いて、中に入れました」

女中たちがいっせいに蒸籠の蓋を開けると、湯気とともに酒饅頭の甘い香りがあたりに広がった。

判定を下す七人の茶人は歓声をあげ、赤猪が満足げにうなずいた。

脇でそれを見ている船井屋本店の新左衛門は苦しげな表情を見せた。

「その手があったか。やられたねぇ」

小萩の脇でお福がつぶやく。

白木の箱が回されて、茶人たちは西か東、どちらかの札を入れる。箱の上に空いた穴は小さく、札は二つ折になっていて、最後に霜崖が箱を開けるまで分からない仕掛けになっている。

小萩はどきどきしながら箱が回る様子を眺めた。

「では、結果を改めます。西が一票。東が一票。西が一票」

霜崖が開いた札を周囲に見せながら、読み上げる。

「札は西が五、東が二で、西の勝ち」

霜崖が言った途端、西の菓子屋が集まっているあたりで歓声があがった。赤猪が満足そうな笑みを浮かべた。

続いて干菓子の対決である。

先手が西で二条樫屋《にじようかしや》。桜の花と葉の美しい飴細工を出してきた。指の先ほどの小さなものだが、桜の花びらの小さな切れ込みや、細いしべの様子も再現されているという。一人の茶人が手に持って光にかざすと、透明な飴は光を通し、畳に小さな虹が出来た。口に含んで、カラカラと転がし、甘さを楽しんでいる者もいる。

「春が待たれますなぁ」

一人の茶人が言えば、みんながうなずく。どうやら心をつかまれてしまったらしい。

「飴細工は京の得意だ」

お福がうなる。ここでも負けたら、勝負は決まってしまう。

後手の本菊屋の当主が登場した。

器には、紅白の丸い煎餅が二つのっている。米でつくった固い塩煎餅ではなく、サクサクと軽やかな音をたてて割れる麩焼き煎餅である。

一口食べた茶人が、「おや?」という顔をした。

「南蛮渡来の甘味に果物を砂糖で甘く煮たジャムというものがあるそうです。白い方の麩焼き煎餅は山ぶどうの汁でつくったジャム、薄紅色の方は柚子《ゆず》の汁を煮たジャムが隠れております。上には金箔で白笛様の家紋を置かせていただきました」

茶人たちは興味津々という表情で手を伸ばす。一口食べて笑顔になる者、不思議そうに中を割って見る者、さまざまである。

「ジャムはどんな味がするんだろう」

幹太が言うと、隣にいた女が振り向いた。

「甘くて酸っぱくて、おいしいですよ。ジャムのつくり方は長崎で学んだ蘭学医から教わりました」

お福が挨拶したので、女が、本菊屋のおかみだと分かった。前の年、浦賀にイギリス船が来たりと外国から開国を迫られていることは、小萩もおぼろに聞いている。海の向こうのめずらしいもの、不思議なものに心惹かれるのは、いつの時代も変わらない。

札は東が四、西が三で東の勝ちとなった。

勝負は三つ目の上生菓子に持ち越された。


先手は東の二十一屋。

徹次が口上を述べた。

「本日、時を得て、三十余年の封印を解き、まぼろしと言われた菓子をお目にかけます。風にそよぐ牡丹の花を描いております」

花の王は深紅ではなく、底に一筋、緑が入っている。それは徹次の工夫で、そのひと色が加わることで儚《はかな》く思えた花の王が大地に根をはり、空に向かって咲いているような力強さが感じられた。

黒文字で割れば、中は白あん。外の紅色がいっそう鮮やかに見えた。

「口どけがいい。甘さがきれいだ」

茶人たちが小さくうなずく。満足そうな笑みが浮かんだ。

「良き物を見せていただきました」

そんな声がかかり、白笛も小さくうなずく。赤猪は落ち着かない様子で体をゆすった。早くも勝負はついたような気がした。だが、まだ、東野若紫の菓子が出ていない。

源右衛門が登場し、口上を述べた。

「菓銘は 轟《とどろき》。天を揺るがす響きを描いております」

運ばれてきた菓子は漆黒で、南洋の不思議な果実のような先のとがった姿をしており、表面はつやつやと美しい光沢をたたえている。

黒文字で切った茶人から、感嘆の声があがった。中は鮮やかな黄色だった。口に含むと、目を見開いた。

「外は黒糖風味で、中は黄身あんか。濃厚な味わいだ。なるほど、轟であるな」

茶人たちは口々に甲乙つけがたいと褒めた。だが、勝敗を決めなくてはならない。

白木の箱が茶人たちの間を回っていく。もう決まっているとさっさと入れる者もあれば、難しい顔をして考えている者もいる。箱はなかなか進まない。

白笛は微笑みを浮かべ、ゆったりとした様子で座り、赤猪は腕を組んで天井をにらんでいる。広間の隅では東野若紫の源右衛門が淡々とした表情で座り、その隣に近衛門が緊張した面持ちでいる。反対の隅には二十一屋の弥兵衛と徹次、留助と伊佐が固唾《かたず》を呑んで箱を見つめている。

「では、まいります」

霜崖が言った。

「東に一票」

幹太がうなり、お福がほうとため息をもらす。

「西に一票。西に一票」

小萩は胸が苦しくなった。この場から逃げてしまいたいが、お福が小萩の手をしっかりとつかんでいる。

「西に一票」

あと一票、西に入ったら勝負がつく。

お福の手に力が入る。どこに隠れていたのかと思うくらい強い力で、爪が小萩の手の甲に突き刺さる。

「東に一票、東に一票」

三対三の同票である。

「では、最後の一票を開きます」

広間はしんと静まり返った。

「西に一票」

西の陣営から歓声があがった。赤猪が破顔する。近衛門が手を叩き、源右衛門にたしなめられている。

「結果は四対三で、西の勝ちと相成りました」

徹次が肩を落とした。弥兵衛が唇を噛む。留助は呆然とし、伊佐は泣いているらしい。

すべてが終わり、最後に白笛に挨拶に行った。徹次が悔しがると、白笛が言った。

「いい勝負だったよ。まさか源右衛門が京からやってくるとはな。それだって、源右衛門が牡丹堂を認めてるってことだよ」

片付けをすませ、店に帰る時徹次が言った。

「轟って菓子にはまいったな。食べてみたかった」

「ああ。あの黒釉茶碗みたいな黒い色も迫力があったが、黒糖に黄身あんっていう組み合わせもなかなかだぞ。ああいうのを力技っていうんだ」

弥兵衛がうなった。

「餅菓子の部があれば、東は負けなかったですよね」

小萩が言うと、

「餅菓子はおやつだろ。茶人は食わねぇよ」

幹太が鼻を鳴らした。

「霜崖さんは大好きじゃないですか。江戸の菓子の本当の面白さは大福やどら焼きやきんつばですよ。上生菓子はおいしいけれど、普通の人が普段に食べるのは餅菓子でしょう。安くて、おいしくてお腹にたまる、そういう気取らないお菓子が江戸っ子は大好きなんですよ。寿司に天ぷら、そばに大福。これが江戸の味。違いますか？」

小萩が言うと、

「これは一本取られたな」

弥兵衛が笑った。


夕方にはもう、瓦版が売り出された。

中央で赤猪の意休がカラス天狗のような菓子を手に「かか」と笑い、白笛の助六は花びらの散った茎を持って男泣きをしている。「返り討ちにあった助六無残」という文字が躍っている。

「もったいなかったねぇ。だけど、あれは端《はな》から勝負が決まっていたんだと思うよ。そうでなきゃ、東野若紫の御大が京から下ってくるもんか」

そんなことを言うお客もいたし、

「次もあるんだろう。今度こそ、鼻っ柱をへし折っておくれ」

とけしかけるお客もいる。二十一屋の店先はにぎやかだった。

お福が一人で座敷にいる時、小萩は幹太と一緒につくった菓子を見せた。

「小萩らしい菓子だね。色がいい。小萩にしか出せない色だ。人それぞれ、その人にしか出せない色や形があるそうだよ。それは教えられるものじゃなくて自分で探すもんなんだって。大事にしなさい」

お福が言った。

「昼間、東野若紫の源右衛門さんにこの菓子を見せたんです。菓子の入った箱がまぎれていたから、捨てようと思って庭を歩いていたら白笛さんと一緒に来ていた春霞さんがいて、そしたら源右衛門さんも来て……」

「へぇ。なんて言われた？」

「技はまだまだだが、筋は悪くない。もし、この道しかないと思うんだったら進め。不器用だとか、女だとかは関係ないんだそうです」

「大変だよ。それでもいいのかい？」

「おかみさんは最初に言ってくれたじゃないですか。自分でこれだってものを見つけたら、まっすぐ進めって。江戸はそういう町で、そういう女が生きる場所だって」

「そんなことを言ったかねぇ」

お福は笑った。

小萩が江戸の菓子に興味を持ったきっかけははさみ菊で、遠い親類という縁でやって来たのが二十一屋。その代表銘菓、花の王ははさみ菊の変形だった。花の王を披露する菓子比べの日、京からやって来た源右衛門に菓子を見てもらったというのも、不思議な縁《えにし》を感じる。いろいろなことが細い糸でつながって、小萩は今、ここにいる。

お菓子を見たい、自分でもつくってみたいという夢はちゃんと形になった。もう一歩前に進め、進んでもいいんだと、お菓子の神様に言われたような気がする。

「明日が田舎に帰る日ですが、また、ここに来たいと言ったら、おかみさんは許してくれますか？　ここで働かせてくれますか？」

「うちは構わないよ。だから、自分で決めたらいいよ。あんたの気持ちがしっかりしていれば、家の人も分かってくれるさ」

小萩はうれしくなって何度もお福に礼を言った。

夜、井戸端で洗い物をしていると、伊佐がやって来た。

「小萩、お疲れさん。今日は一日、大変だったな」

「伊佐さんこそ。お疲れ様でした」

「明日は帰る日だろ」

「はい。今まで、ありがとうございました」

小萩は頭を下げた。

「達者でな」

伊佐が言った。

あたりさわりのない、いつもの会話だった。

結局、伊佐とは同じ見世で働いていたというだけの間柄だ。伊佐の心には小萩はいない。だから、こんな風にあっさりと別れられるのだ。

「みんないなくなっちまうな」

伊佐が言った。淋しそうな顔をしていた。

「大丈夫です。私、また戻ってきますから。だって、またお菓子をちゃんとつくれるようになっていないし、それに伊佐さんと一緒におっかさんが戻ってくるのを待つって約束したじゃないですか」

「だから、それは……」

小萩はことさら元気のいい声を出した。

「だめですか？　一人より二人の方が、気持ちが楽になりますよ」

伊佐は困ったような顔をした。

「お菓子もね、おかみさんに相談したら、田舎のおとうちゃんたちが許してくれたら構わないよって言ってくれたんです。だから、家族に話をするつもりです」

「小萩は本当に、ここに戻ってくるのか？」

「そのつもりです」

「なんで、そんなこと言うんだよ」

伊佐は泣き笑いのような顔になった。

「だめだ。そんなこと言ったら。俺が困る」

「どうして？」

「決まっているじゃねぇか。そんなこと言われたら、俺は小萩を待ちたくなる。だけど、俺は待つことが苦手だ。嫌なんだ」

「何が嫌なの？」

「来なかったらがっかりするじゃねぇか。最初から期待しないでいたら、傷つくこともない。俺はガキの頃から待ってたから、もう疲れちまったんだよ」

小萩は伊佐の孤独を思った。

「だけど、ありがてぇと思っているよ。あの時、小萩が俺を見つけてくれなかったら俺はここに戻れなかった」

伊佐は地面に座り込んだ。

「俺はしょうもねぇ奴なんだ。お袋がいなくなったって思ったら、もうそれだけで頭がいっぱいになった。後先考えずに店を飛び出して捜しまわった」

だが、母親は見つからなかった。

「夕方になって気づいた。淋しいのは本当だけど、心のどこかで見つからなくてほっとしている俺もいる。まったく嫌んなっちまう。一緒に暮らしたいのなんのって言っておきながら、肝心の俺の腰が引けている。覚悟が出来ねぇんだ」

だが、若い伊佐に出来ることなど限られている。当たり前ではないか。

「今のところは親方やおかみさんに助けられて、なんとか道をつけてもらったけど、それでこれから先も全部がうまくいくかなんて分からねぇ。もっと迷惑をかけちまうかもしれねえ。そんなことをぐるぐる考えていたら、もう、どうしていいのか分からなくなっちまった。誰かに助けてほしかった。迎えに来てもらいたかったんだ。みっともねぇよな、格好悪いよな」

小萩も伊佐の隣に座った。

「そんなことない。伊佐さんはみっともなくないし、格好悪くもない。おっかさんだって、伊佐さんの真心はちゃんと分かっていますよ」

「そうだといいな」

「うちのおかあちゃんがいつも言っています。人に助けてもらえるのは、それまで一生懸命生きてきたからだって。旦那さんもおかみさんも親方も、伊佐さんのことが好きで、大事だから手を貸したんですよ。頼りにしているんです。期待されているんです。だから、そんな風に自分を卑下しないでください」

「そうか。期待されている、か」

伊佐は小さな声でつぶやいた。

「だいたい伊佐さんは人に頼らなすぎる。頼ったり頼られたり、期待したり、されたりして世の中は回っているんだから」

冗談めかして言うと、伊佐が笑顔になった。

「私のこともちょっと期待してください。おとうちゃんやおかあちゃんとちゃんと話し合って、また江戸に来て、お菓子をつくるつもりでいるんですから。その時は、またいろいろ教えてください」

「そうか。そうだな」

それから、二人でお菓子の話をした。はさみ菊のつくり方や煉り切りの色のつけ方を教えてもらった。話はいつまでも尽きなかった。


朝が来て、小萩が帰る日になった。

早々に幸吉が迎えに来た。急ぎ足でやって来たのか額に汗をかいて、のれんから顔をのぞかせると、お福といっしょにお客の応対をしていた小萩を見つけて大声で言った。

「小萩、迎えに来たぞう」

見世にいたお客がどっと笑った。

「おとうちゃんかい。よかったねぇ」というお客もいる。

小萩は恥ずかしくてうつむいた。

お福に言われて奥の座敷にあがると、手土産を取り出した。

「いやあ、暮れも押し詰まってお忙しい中、申し訳ありません。本当はね、正月明けまで置かせてもらった方がいいんでしょうが、うちの年寄りたちが顔を見たいって言ってましてね」

「ああ、そりゃあ、そうですよ。正月は一家そろって迎えるものですからねぇ」

弥兵衛がにこにこと応対する。

夕方までに品川に着きたいと言うので、急いで支度をした。みんなに挨拶をして出立する。

「今までありがとうございます。また、すぐ戻ってきますからその時はお願いします」

小萩は弥兵衛やお福、徹次や仕事場のみんなに頭を下げて回った。

「なんだ、その挨拶？」

幸吉が首を傾げた。

「家の人たちときちんと話をするんだよ。ご両親やみんなの言うこともよく聞いてね」

お福が言った。

「家でも練習しとけよ」留助が小豆をつかむ真似をする。

「今度はゆっくりはさみ菊、教えてやるよ」幹太が言った。

伊佐が小さく頭を下げた。

空は晴れて、日本橋の通りはいつものようにたくさんの人が歩いていた。ひと際目立つ女がいた。川上屋のお景だった。黒っぽい地味な着物に同じく黒っぽい色の、膝まであるような丈の長い羽織を着て、別珍でつくった頭巾を頭にかぶっていた。別珍が冬の日差しを浴びて不思議な色に輝いて、お景の小さな顔を一層小さく、きれいに見せた。

「おとうちゃん、江戸の女はね、胸をはってまっすぐ前を向いて歩くのよ。それで、人の言うことに惑わされないで自分は自分だって思っているの」

「なんだか偉そうだな。そういう女は俺は嫌いだ」

菓子の職人になりたいと言ったら、家族のみんなは何と言うだろう。

でも、順序だてていねいに思いを伝えたら、覚悟を見せたら、きっと分かってくれるだろう。

また、ここに戻ってくる。そう約束したから。

小萩は背伸びをした。大きく息をしたら、冬の冷たい風が胸いっぱいに入ってきた。

〈参考図書〉『事典 和菓子の世界』中山圭子著（岩波書店）

光文社文庫

文庫書下ろし

いつかの花《はな》　日本橋《にほんばし》牡丹堂《ぼたんどう》　菓子《かし》ばなし

著　者　中《なか》　島《しま》　久《ひさ》　枝《え》

2017年5月20日　初版1刷発行
2018年6月25日　　4刷発行

発行者　鈴　木　広　和
印　刷　豊　国　印　刷
製　本　ナショナル製本

発行所　株式会社　光　文　社
〒112-8011　東京都文京区音羽1-16-6
電話（03）5395-8149　編　集　部
8116　書籍販売部
8125　業　務　部

ISBN978-4-334-77464-6　Printed in Japan

組版　萩原印刷